KB248119

헤르만 헤세 산문집
밤의 사색

밤의 사색

1판 1쇄 인쇄 2026년 1월 2일
1판 1쇄 발행 2026년 1월 20일

—

지은이 헤르만 헤세
옮긴이 배명자

—

펴낸이 백성빈
펴낸곳 반니출판
주소 서울 서초구 서초중앙로 69 806호
전화 02-6204-0491
전자우편 banni@banni.co.kr
출판등록 2025년 10월 13일 (제2025-000266호)

—

ISBN 979-11-996528-4-2 03850

헤르만 헤세 산문집

밤의 사색

헤르만 헤세 지음 | 배명자 옮김

반니

차 례

우리는 강해지기 위해 불필요한 노력을 하곤 한다.

하지만 때때로 일이 흘러가는 대로

놓아두는 편이 좋을 때도 있다.

– 헤르만 헤세

당신은 정말 행복한가

어느 날 문득 내 마음속에 한 가지 질문이 비눗방울처럼 살포시 떠올랐다.

나는 정말 행복한가?

그럼, 행복하지. 하지만 잠깐만……. 아니, 솔직히 그다지 행복하지 않은 것 같아. 아니, 어떻게 보면 그런 것도 같고. 곰곰이 생각해봐야겠다.

나는 곰곰이 생각했고, 행복에 대해서는 논하는 게 아니라는 생각이 들었다. 행복은 아무것도 아니다. 그저 한 단어일 뿐이며 아무 의미도 없다. 그것은 다른 것에 좌우된다. 곰곰이 생각하는 과정에서 질문이 바뀌었다.

지금까지 살면서 가장 즐거웠던 날, 가장 충만했던 순간이 언제였지?

가장 즐거웠던 날! 웃음이 절로 난다. 순수하고 좋은 순간, 고귀한 순간들이 차곡차곡 기록되어 있는 내 기억 속에 열 개, 백 개, 아니 그보다 훨씬 더 많은 즐거웠던 날들이 있고, 각 날은 저마다 티 없이 깨끗하고 완벽한 기쁨이며 하나같이 아름다워 어떤 것과도 비교할 수 없다. 이날도 즐거웠고, 그날도 즐거웠고, 또 그날도…….

수많은 기억이 끝없이 떠올랐다. 얼마나 많은 햇살이 내 몸을 따스하게 감싸주고, 얼마나 많은 강물이 내 몸을 식혀주고, 얼마나 많은 길이 나를 안내해주고, 얼마나 많은 시냇물이 내 곁을 흘러갔던가. 얼마나 자주 파란 하늘을 올려다보고, 잊을 수 없을 만큼 생동감 넘치고 사랑스러운 인간의 눈망울을 얼마나 자주 보아왔던가. 또 얼마나 많은 동물을 사랑했던가! 그런 순간들을 되새겨보면 그것들은 다른 어떤 순간보다 아름다웠다. 또한 음악을 듣고 천천히 차를 마시며 아름다운 추억들을 회상하는 지금 이 순간도 참으로 아름답다.

아, 정말 아름답다! 그래서 나는 계속 꿈을 꾼다. 아, 저기 기억의 바다에서 다른 장면들이 떠오른다. 고통의 시간, 슬픔의 나날, 부끄러움, 후회, 실패한 순간들, 죽음을 느꼈던 공포의 순간들이 떠오른다. 첫사랑의 배신에 몸서리치며 죽을 듯이 괴로워하던 생각이 난다. 우편배달부가 나를 찾아와 인사하고 요금을 청구하며 고향에 계신 어머니가 임종하셨다는 슬픈 소식을 전하고 갔던 날. 젊은 시절의 절친한 친구가 나를 혹독하게 비판하던 밤, 열정적인 작업으로 시와 글은 쌓여갔지만 빵을 살 돈이 없어 난감해하던 날. 사랑하는 친구들의 고통과 절망을 그저 옆에서 바라보기만 할 뿐 도와주지도 위로하지도 고통을 줄여주지도 못했던 수많은 시간.

돈과 권력이 나보다 많은 사람들이 나를 업신여길 때 움켜쥔 주먹을 숨기며 참아야 했던 순간들. 어느 모임에서 낡은 양복의 꿰맨 부분을 손으로 가리느라 힘들었던 일. 잠 못 이룬 날들. 마음속에 슬픔이 가득 찼지만 장난치며 애써 즐거운 척했던 순간들. 절망적인 사랑. 아무것도 믿을 수 없었던 참담한 순간들. 시작한 일이 잘 풀리지 않아 자신을 책망했던 일. 이상을 잃어버린 날. 어떤 시도가 실패로 끝났던 날······.

이것 또한 끝이 없다. 이런 수많은 순간 중에서 나는 어떤 것을 날려버리고 어떤 것을 기억에서 지우고 싶을까? 없다. 단 하나도 없다. 가장 괴로운 기억일지라도 지우고 싶지 않다.

나는 내게 찾아왔던 수많은 기억을 꿈꾸듯 회상해본다.

그렇게 많은 시간, 그렇게 많은 낮, 그렇게 많은 저녁, 그렇게 많은 밤. 하지만 그 모든 걸 합쳐도 인생의 10분의 1도 안 된다. 나머지 인생은 다 어디로 갔을까? 수천의 낮, 수천의 저녁, 수십만의 시간은 아무 흔적도 남기지 않고 다시 기억으로 돌아오지 않은 채 어디로 간 걸까? 모두 다 가버렸다. 다시는 돌아오지 않을 길로.

그리고 오늘 저녁은 어떠한가? 이 순간은 어디로 가게 될까? 언젠가 내 머릿속에 깨어나 지나간 순간을 다시 생생하게 보여줄까? 그럴 것 같지 않다. 내일, 아니 모레쯤이면 까맣게 잊히고 기억을 떠나 다시 돌아오지 않을 것 같다. 오늘 내가 조금이라도 앞으로 나아가려 노력하지 않는다면 오늘 지금 이 순간도 내일이나 모레쯤이면 다른 숱한 날들처럼 기억을 떠나 끝을 알 수 없는 나락으로 사라져버릴 것이다.

악마가 조종하듯 뜨거운 짝사랑의 열정에 불타오르며 맹목적으로 몸을 사르고 쉼 없이 돌진해본 적이 없는 사람은 모든 예술 중의 으뜸 예술인 기억을 연습하는 것이 좋다. 쾌락과 기억은 상생 관계에 있다. 쾌락이란, 과일의 달콤한 과즙을 남김없이 짜서 마시는 것이다. 기억이란, 그렇게 누린 쾌락을 멀리 아득하게 보내지 않고 언제나 새롭게 되새기는 것이다. 우리는 모두 이런 상생의 과정을 무의식적으로 수행한다. 우리는 모두 유년기를 생각하면서 그 시절의 자질구레한 쓸데없는 일들을 기억하지 않는다. 우리는 아름다운 파란 하늘에 환상적인 기억을 펼쳐놓고 수천 가지 아름다운 추억과, 말로는 표현할 수 없는 즐거움을 혼합한다.

이미 지나가버린 날들의 즐거운 추억을 되새기는 것은 그때의 쾌락을 곱씹는 일일 뿐 아니라 행복과 그리움과 낙원을 항상 새롭게 만끽하게 해준다. 그 짧은 순간에 얼마나 많은 생기와 온기와 빛을 얻을 수 있는지 경험해본 사람은 매일매일 새롭게 주어지는 일들을 순수한 마음으로 받아들이려 할 것이다. 그리고 아픔마저 담담히 받아들일 것이다. 아무리 큰 시련이 닥쳐도 그것을 순순히 받아들이고 진지하게 살아내려 애쓸 것이다. 암울했던 날에 대한 기억도 아름답고 성스러운 추억임을 알기 때문이다.

외로운 밤

가까이 그리고 멀리 있는

불쌍한 나의 형제들이여

별을 보고 위로를 꿈꾸는

그대들의 고통

창백한 별밤 아래

말없이 모은

가녀린 순교자의 두 손

괴로워하며 잠에서 깨는

혼돈에 휩싸인 불쌍한 무리여

별도 없고 운도 없는 뱃사람들

나의 낯선 동맹자여

내 인사를 받아주오!

멀찌감치 떨어져 내 인생을 돌아보면 특별히 행복해 보이지 않는다. 하지만 착각인지 모르나 그다지 불행했던 것 같지도 않다. 사실 행복과 불행을 세세히 따지는 건 아무 의미가 없다. 어차피 나는 인생에서 행복했던 날보다 불행했던 날에 더 큰 무게를 두기 때문이다. 피할 수 없는 것을 의식적으로 받아들이고, 좋은 일과 나쁜 일을 무수히 겪고, 외적인 것 외에 내적이고 더 실질적이고 필연적인 운명을 정복하는 것이 인생이라면 내 인생은 그다지 불쌍하지도 나쁘지도 않았다. 나를 덮친 외적인 운명이, 모두에게 그렇듯 피할 수 없고 신에게 달린 일이라면 나의 내적인 운명은 나만의 고유한 작품이었다. 그것의 달콤함도 씁쓸함도 오로지 내 책임이다.

내 삶은 가난하고 힘겨웠지만, 달리 보일 때도 있고, 어떨 때는 풍족하고 즐거웠던 것처럼 느껴진다. 인간의 삶은 찰나의 섬광이 어둠의 세월을 지우고 정당화할 수 있게 가끔 번개라도 쳐야 겨우 견딜 수 있는 어둡고 슬픈 밤과 같다. 어둠, 절망적인 암흑, 그것이 일상의 끔찍한 순환이다.

인간은 무엇을 위해 아침에 일어나고 밥을 먹고 물을 마시고 다시 잠자리에 드는 걸까? 아이, 개구쟁이, 건강한 청년, 동물은 이런 무미건조한 일상의 순환을 괴로워하지 않는다. 고민하지 않는 사람은 아침에 즐겁게 일어나 밥을 먹고 물을 마시고 그것에 만족한다. 그러나 이런 당연함을 잃은 사람은 눈에 불을 켜고 필사적으로 진정한 삶의 순간을 찾는다. 반짝 빛나는 짧은 섬광에 행복해하는 순간. 시간 감각을 잃을 뿐 아니라 모든 목표와 의미에 관한 사고가 삭제되는 그런 순간. 이런 순간을 창조적인 순간이라 불러도 좋으리라. 창조주와 하나가 된 기분이 들고, 모든 일 심지어 우연히 일어난 일조차 깊은 뜻이 있는 것처럼 느껴지기 때문이다. 신비주의자가 신과 일치된 순간이라 부르는 그것과 똑같다. 어쩌면 이런 순간의 강렬한 빛이 나머지 모든 빛을 가려버리기 때문에, 어쩌면 이런 순간에는 모든 것이 마법처럼 자유롭게 하늘을 둥둥 떠다니는 것처럼 느껴지기 때문에 나머지 보통의 삶이 너무 힘들고 구차하고 실패한 듯 보일 수도 있다.

나는 모른다. 그동안의 사색과 철학적 사고가 내게 많은 걸 가르쳐주지는 않았다. 그렇지만 한 가지만큼은 확실히 안다. 축복과 천국이 있다면 그것은 바로 이런 순간이 방해받지 않고 오래 지속되는 것이리라. 그리고 고통을 지나 이런 축복에 도달하고 아픔 속에서 깨달음을 얻을 수 있다면 어떤 고통과 아픔도 도망쳐야 할 만큼 크지 않을 것이다.

아무튼 나는 삶을 행복으로 보지 않고 행복을 추구해야 한다고도 생각하지 않는다. 삶은 오로지 깨어 있는 의식을 통해서만 높은 가치를 부여할 수 있는 상태이자 사실이다. 그러므로 나는 최대한 많은 행복을 얻으려 애쓰는 것이 아니라 삶이 행복이든 고통이든 최대한 깨어 있는 의식으로 살고자 한다. '권태로운 삶'도 하얗게 불태우듯 살아내고, 다른 것으로 관심을 돌려 애써 외면하지 않는다. 또한 이미 결정된 것의 확고부동함을 잘 알기에 변하지 않는 선과 악에 저항하려 애쓰지 않는다.

행위와 고통은 우리의 삶을 구성하는 두 기둥이자 삶 전체이며 하나이다. 그러므로 고통을 잘 살아내는 것이 인생의 절반이다. 고통을 잘 살아내는 것이 인생 전체이다! 고통에서 힘이 생기고, 통증에서 건강이 생긴다. 갑자기 쓰러져 허망하게 죽는 사람들은 언제나 '건강한' 사람들이다. 고통을 배우지 못한 사람들이다. 고통이 사람을 끈질기게 하고, 고통이 사람을 강철로 단련한다.

잠 못 이루는 밤

늦은 밤 침대에 누웠는데 잠을 이루지 못한다. 거리는 조용하고 정원의 나무 사이로 바람이 스친다. 어디선가 개가 짖는다. 마차 지나가는 소리도 아련하게 들린다. 귀를 쫑긋 세우고 덜컹거리는 바퀴 소리에서 마차가 울퉁불퉁한 길을 달리고 있음을 알아낸다. 머릿속으로 마차를 따라간다. 마차는 모퉁이를 돌더니 갑자기 속력을 올리고 바쁘게 구르던 바퀴가 정적 속으로 사라진다. 그다음, 밤늦은 행인. 그는 발걸음을 재촉하고, 발걸음 소리가 텅 빈 거리에 유난히 크게 울려 퍼진다. 발소리가 멎고 문이 열렸다 닫히고 다시 정적이 흐른다. 잠시 다시 활기가 도는가 싶더니 점점 잦아들고 약해진다. 그리고 모두가 피곤한 시간, 잔잔한 바람 소리와 벽지 뒤로 흘러내리는 미세한 먼지 소리까지 크게 들리는 시간이 되고, 모든 감각이 곤두선다. 그리고 잠이 오지 않는다. 피로감만 눈과 생각에 얇은 베일을 씌우고, 혈관을 따라 쉼 없이 흐르는 피의 소리가 들리고, 지끈거리는 머릿속에서 열을 내는 생명의 소리가 들리고, 일정하면서도 혼란스럽게 뛰는 맥박이 감지된다.

몸을 뒤척여보고 일어났다 다시 누워도 소용없다. 혼자 힘으로 절대 빠져나갈 수 없는 시간이다. 생각과 감정과 기억들이 자신을 압도하고 이야기를 나눌 친구도 없다. 객지에 사는 사람이라면 유년시절의 집과 정원과 고향이 눈앞에 나타난다. 절대 잊을 수 없는 천진난만했던 개구쟁이 시절의 숲과 시끄럽게 뛰놀던 방과 계단도 보인다. 부모님의 얼굴은 낯설고 엄하고 늙고 사랑과 근심과 약간의 서운함이 배어 있다. 마주 잡을 손을 찾아 헛되이 손을 뻗어본다. 묵직한 슬픔과 외로움이 엄습하고, 다른 사람들의 모습도 눈앞에 아른거린다. 갑갑하고 우울한 분위기에서 우리는 거의 모두가 슬픔에 빠진다.

젊은 시절 사랑을 거절당하고 선의를 의심받아 힘든 나날을 보내보지 않은 사람이 어디 있으랴. 자기에게 주어진 행운을 아집과 오만으로 놓쳐보지 않은 사람이 어디 있으랴. 자신과 다른 사람의 자존심에 상처를 주거나, 못된 말이나 지키지 않은 약속이나 꼴사나운 몸짓으로 친구를 괴롭힌 적이 없는 사람이 어디 있으랴. 이제 그들이 눈앞에 나타나 말없이 빤히 처다보기만 하고, 우리는 그들에게 그리고 자기 자신에게 몹시 부끄럽다.

활동적이고 시끄럽고 산만한 낮을 보내고 밤으로 침대에 편히 누워 잠든 날이 얼마나 많았는지 문득 떠오른다. 그리고 오늘처럼 침묵하며 애기 나눌 사람조차 없이 지내온 지가 무척이나 오래되었다는 걸 깨닫는다. 활기차게 살고 많이 보고 많이 말하고 많이 듣고 많이 웃었지만 이제 그 모든 것이 마치 애초에 없었던 것처럼 낯설고 희미해지고, 반대로 유년시절에 보았던 파란 하늘과 오래전에 잊었던 옛날 고향 모습이 선명하게 보이고, 오래전에 죽은 사람의 목소리가 마치 곁에서 말하듯 가깝게 들린다.

잠은 자연이 주는 귀중한 선물이자 친구이고 피난처이며 마법사이자 따뜻한 위로자이다. 그래서 나는 오랜 불면증으로 괴로워하고 새벽녘 쪽잠에 만족하는 법을 배운 사람에게 진심으로 연민을 느낀다. 그렇지만 잠 못 이루는 밤을 평생 한 번도 경험해보지 못한 사람은 절대 사랑할 수 없을 것 같다. 그런 사람은 아마 가장 순진한 영혼의 소유자일 것이다.

모든 것이 정신없이 빠르게 진행되는 생활 속에서 감각과 정신이 뒤로 물러나고 추억과 양심의 거울 앞에 영혼이 당당히 서는 시간, 영혼이 의식될 수 있는 시간은 놀랍도록 짧다. 몹시 아픈 경험을 할 때, 어쩌면 어머니의 관 옆이거나 어쩌면 병상에서, 어쩌면 외롭고 긴 여행 끝에 다시 돌아온 순간에 그런 시간을 경험하겠지만, 그것은 언제나 방해와 왜곡 속에서 일어난다. 잠 못 이루는 밤의 가치가 여기에 있다. 잠 못 이루는 밤에만 영혼이 외적인 충격 없이 놀라움이나 공포, 판결이나 슬픔을 있는 그대로 드러낸다.

우리가 낮에 느끼는 감정은 절대로 순수하지 않다. 오감이 강하게 끼어들고 이성이 판단의 목소리와 미묘한 비교와 파괴적 농담을 흥분된 감정에 섞어 넣기 때문이다. 영혼은 멍하니 관망만 하고 며칠 몇 달을 구속과 억압 속에 반쯤 죽어지내다가 영혼의 시간이 오면, 근심에 잠 못 이루는 밤이 오면 속박의 굴레를 벗고 마침내 온전한 모습을 드러내 우리를 깜짝 놀라게 한다. 우리의 삶이 단지 형식만이 아니고 밖에서 보기에 아무런 변화가 없고, 쉽게 흔들리지 않는 힘이 우리 안에 있으며, 우리가 어찌할 수 없는 일이 있다는 걸 말해주는 목소리를 때때로 듣는 것은 도움이 된다. 정직하고 믿음이 있는 사람은 그런 목소리에 귀를 기울이고 한층 깊어진 눈빛으로 그런 시간에서 벗어난다.

잠 못 이루는 밤을 괴로워해본 사람이라면 누구나 이미 알고 있어서 불필요한 언급이 될 수 있겠지만, 나는 질병으로서의 불면증에 대해서도 말하고 싶다. 이미 알고 있었지만 평범한 대화 주제가 아니어서 말하지 않았던 것을 글로 읽는 걸 좋아할 사람도 있으니까. 내가 말하고자 하는 것은 불면증이 주는 내면의 가르침이다. 병과 기다림은 오해의 여지가 없는 명실상부한 스승이다. 그러나 모든 신경질환의 가르침은 특히 강렬하다. 행동과 말을 지나칠 만큼 삼가고 조심하는 사람을 보면 우리는 대개 "힘든 일을 많이 겪었나봐." 하고 말한다. 자신의 몸과 사고를 지배하는 방법을 가장 잘 가르치는 스승이 바로 잠 못 이루는 밤이다. 타인을 배려하고 부드럽게 감싸는 것은 그것을 필요로 하는 사람이 가장 잘할 수 있다. 누구의 방해도 받지 않고 생각에 잠기는 외로운 시간을 정적 속에서 보내본 사람만이 따뜻한 시선과 사랑으로 사물을 가늠하고 영혼의 바탕을 보고 인간적인 모든 약점을 관대하게 이해할 수 있다. 잠 못 든 채 수많은 밤을 보낸 사람들을 겉모습으로 알아보기는 어렵다.

불면증의 교육적 가치에 대해 한 가지 더 말하고 싶은 게 있는데, 물론 이것은 다른 연관성에서 더 자세히 살펴볼 가치가 있다. 불면증은 경외심을 가르친다. 모든 사물에 대한 경외심. 가장 보잘것없는 삶에 고양된 기분의 향수를 뿌려줄 수 있는 경외심. 위대한 시와 예술의 최고 조건인 경외심.

불면증에 시달리는 사람이 침대에 누워 있는 걸 상상해보라. 시간은 끔찍할 만큼 천천히 조용히 흐른다. 종이 울리고 한 시간 뒤 다시 종이 울릴 때까지, 중간에 한없이 깊고 어두운 나락이 생긴 기분이 든다. 생쥐가 달려가는 소리, 마차 굴러가는 소리, 시계 초침 소리, 우물에서 들리는 물방울 소리, 바람 소리, 가구 삐걱대는 소리를 얼마나 많이 들었던가. 평소에는 그런 소리에 신경을 쓰지 않았다. 그러나 이제는 외로움과 정적 속에서 살아 움직이는 것들이 내는 아주 작은 소리를 간절히 그리워한다.

마차 소리가 활기를 불어넣어, 우리는 그것이 얼마나 무겁고 어떻게 만들어졌으며 말이 얼마나 피곤한지 또는 얼마나 기운이 넘치는지 가늠해보려 한다. 그리고 마차가 지나가는 거리를 떠올려보고 곧 모퉁이를 돌아 들어갈 다른 길도 상상해본다.

우물에서 나는 물방울 소리는 어떤가. 우리는 그것을 부드러운 음악처럼 듣는다. 건강한 기운과 바깥의 신선한 공기를 외로운 환자에게 전해주는 친구의 재잘거림을 듣듯이 귀를 기울인다. 우리는 물이 꽉 찬 양동이로 쏟아지는 물줄기 소리와 조용히 일렁이는 물소리를 듣는다. 주변에서 나는 소리를 그렇게 계속 엿듣다보면 우리는 어느새 박자에 맞춰 콧노래를 흥얼거리게 되고, 그러다 다시 소리를 죽인 채 주변 소리에 가만히 귀를 기울이곤 한다. 우리는 흘러넘친 물이 흘러 들어갈 시냇물과 강물과 바닷물을 꿈꾸듯 생각하고, 영원한 성장과 노력과 새로움의 기원으로 돌아간다. 그렇게 생각이 꼬리에 꼬리를 물고 이어지면서 이제까지 설명되지 않고 혼란스러웠던 어떤 관계나 법칙이 갑자기 눈앞에 뚜렷하게 나타난다.

우리는 잠 못 이루는 밤에 우물물 소리를 듣다가 주변에서 일어나는 모든 일에 감탄하고, 베일에 가려진 삶의 마지막 진실에 경외심을 갖고, 더 진지해지고 더 깊이 생각하며 인내심을 발휘한다.

이런 방식으로 모든 불면증 환자들은 이미 고난에서 미덕을 만들었다. 나는 그들 모두가 그들의 고통을 인내하고, 할 수 있다면 치유되기를 기원한다. 그러나 천방지축 살아가며 경솔하게 건강을 떠벌리는 사람들에게는 졸음조차 느끼지 못한 채 누워 비난에 찬 내면의 삶을 견뎌야 하는 그런 불면의 밤을 한 번이라도 보낼 수 있기를 빈다.

불면증

헌정사

　　불면증 여신을 아는가? 고독한 침대에 앉아 창백한 얼굴로 세심하게 보살피는 여신을 아는가?

　불면증 여신은 수많은 긴긴밤을 고독한 내 침대맡에 앉아 매끈하고 가녀린 손을 내 이마에 얹고 나른한 목소리로 무수히 많은 노래를 불러주었다. 고향의 노래, 어린 시절의 노래, 사랑의 노래, 향수의 노래, 애수에 찬 노래. 졸음이 달아난 내 피곤한 눈에 추억과 환상의 얇은 베일을 색색이 덮어주었다.

　아, 너무나 느리게 가는 긴긴밤이여, 그곳에서 우리의 가장 진실한 자아는 화려한 낮의 가운을 벗고 의문과 간청과 비난의 이불을 덮고 누워 아픈 아이처럼 뒤척인다. 아,

자기 자신을 저버리고 인생의 은밀한 규칙을 어겼던 모든 순간을 아프게 또렷이 떠올려주는 밤이여! 맹목과 무자비와 오해의 사슬, 우리는 그 사슬에 꽁꽁 묶여 두려움 가득한 밤의 고통에서 벗어나지 못한다. 단 하룻밤만이라도 무수한 비난과 자책 없이, 어린아이 같은 순수한 눈망울로 자신의 영혼을 바라볼 수 있는 사람이 과연 있을까?

나는 모른다. 아마 없을 것이다. 그런데도 나는 불면의 고통을 견디고 불면의 밤을 축복하는 법을 배웠고, 어둠 속에 잠복해 독한 숨을 내뱉는 절망을 눈 하나 깜짝 않고 노려보았다.

창백한 얼굴로 세심하게 보살피는 바로 그 여신이 부드러운 손으로 나를 붙잡아 나락에서 끌어올려 주었다. 낯설지만 환상적인 그대에게 감사를 전한다. 함께 꿈꾸고 지새웠던 밤들의 추억을 그대에게 바친다. 이글거리는 내 눈 위에 위로하는 어여쁜 여인의 얼굴로 와준 그대는 얼마나 아름다웠던가. 옛 노래의 추억을 속삭여주고 조용히 고개 숙인 채 깊은 눈으로 밤을 응시할 때, 맑은 이마를 곱슬곱슬 덮은 동화 속 주인공 같은 그대의 금발은 얼마나 아름다웠던가. 눈물을 흘릴 때, 하얀 침대에 앉아 말없이 내려다보다 가녀린 손으로 내 손을 잡아줄 때, 잃어버린 사랑의 꿈이 그대의 슬픈 얼굴 위로 조용히 아픈 그림자를 드리울 때 그대는 얼마나 아름다웠던가.

아, 그대는 얼마나 아름다웠던가!

첫째 날 밤

비, 정적, 자정.

창백한 미인이여, 그대 이름은 무언가요? 미소를 지으며 내 침대맡에 손을 올리는 그대의 모습이 내 누이를 닮았네요. 그러니 이제부터 그대를 마리아라 부르겠어요.

오랫동안 보지 못했던 신비한 여인이여, 그대는 나를 어떻게 다시 찾아냈죠? 경솔하게도 나의 소설을 읽어주는 바람에 그대의 호의를 놓치고 말았던 때가 벌써 여러 해 전이네요. 그대는 그때보다 더욱 아름다워졌군요.

아, 그때 그대가 내 소설의 끝을 기다려주었더라면 우리는 함께 젊음을 보냈을 테고, 그대는 내 침대맡에 앉아 자정부터 아침까지 긴 시간을 견디도록 나를 돕지 않아도 되었을 텐데. 그러나 그대는 내 이야기에 마음 상했고, 그리하여 우리는 서로에게 마음이 상했죠. 읽히지 못한 소설

끝부분은 다시 동화의 우물 속으로 던져져 우리의 착한 요정들이 눈물을 흘리고 오늘도 울고 있답니다.

그대여, 우리의 마지막 밤을 기억하나요? 제비꽃 정원에 지빠귀들이 모여들었죠. 우리는 할아버지의 초록색 벤치에 앉아 우리의 미래를 커다란 동화책처럼 펼쳐보았어요. 나는 커다란 단풍나무가 살랑대는 소리에 맞춰 그대에게 나의 소설을 읽어주었고, 이야기와 바람은 제비꽃 향기로 가득했었죠. 나는 바로 그 슬픈 장면까지 읽어주었죠…….

그대여, 아직도 기억하나요? 어둑어둑해질 무렵 황금빛 덤불에서 나이팅게일이 울기 시작했죠. 아, 그 소설을 끝까지 읽었더라면! 하지만 그대는 눈물을 흘렸고, 책을 내려놓고 떠나버렸죠. 우리의 나이팅게일은 밤이 이슥하도록 내내 울었답니다.

이제 나는 나이팅게일의 비밀을 알아요. 나도 오랜 세월 나이팅게일과 똑같이 노래를 해왔으니까요. 사람들은 내 노래를 아주 좋아해요. 멜로디가 부드럽고 소리도 듣기 좋지만, 가사는 슬프고 때때로 비통하고 심지어 저속하기까지 하죠. 아, 가장 아름다운 노래는 그대가 비겁하게 덮어버린 내 젊은 시절의 바로 그 책에 담겨 있었어요. 그 후로 노래는 나를 괴롭히며 불러달라 애원했지만 시간은 지나갔어요. 아니, 애초에 그럴 시간이 없었어요. 그날 저녁 제비꽃 정원에서 그대가 책장을 찢어버렸기 때문이죠. 그 책에서 가장 아름다운 부분이었고 그대에게 바치는 장이었는데, 그대는 어찌하여 읽으려 하지 않았을까요? 그 부분은 이제 끊어진 하프 줄처럼 내게도 그대에게도 없어요. 하프는 여전히 아름다운 소리를 내지만 끊어진 줄을 뜯어야 하는 멜로디에서는 가슴을 찢는 텅 빈 고요가 흘러 노래 전체를 망쳐버려요. 줄 하나가 끊어진 하프 연주를 들어본 적이 없나요? 소리 없는 텅 빈 고요가 흐를 때마다 가장 달콤하고 아름다운 음이 노래에서 빠진 것 같은 기분을 느낀 적이 진정 없나요? 매번 그대와 내게 없는 것이 언제나 가장 달콤하고 아름답고 열렬히 갈구하는 바로 그것이 아니었던가요?

내가 그대를 슬프게 했나요? 미안해요, 마리아! 그대를 슬프게 할 마음은 없었어요. 그대를 탓할 마음도 없었어요. 그저 그대가 아직도 먼 옛날 아득한 봄날 저녁의 따사로움을 기억하고 있는지 물어보고 싶었을 뿐. 그때를 상기시켜 이미 내 어린 가슴을 매혹했던 그대의 꿈꾸듯 우아한 끄덕임을 다시 보고 싶었을 뿐. 그날 저녁이 오늘 다시 재현된다면 어떨까요? 그대는 그저 눈을 감고 미소 지으며 내 손을 잡아주기만 하면 돼요. 커다란 단풍나무가 살랑대는 소리가 안 들리나요? 제비꽃 무더기와 향나무 울타리가 안 보이나요? 조용히 바스락거리는 바람 소리가 안 들리나요? 커다란 예쁜 단풍잎이 높은 가지에서 따뜻한 공기를 가르며 춤추듯 떨어지네요. 그때와 똑같이, 그때와 똑같이.

오, 마리아! 그대는 슬프고 비통하고 놀란 눈으로 나를 보고 있네요. 꿈이 지나가 버렸네요.

그리고 커다란 단풍잎이 이리저리 떠돌다 아래로 내려와 내 창문 앞에 누워 있네요. 시든 낙엽. 나는 나뭇잎 떨어지는 소리에 고개를 돌려 창밖을 봐요.

밖은 여전히 비, 정적, 자정.

둘째 날 밤

나의 아름다운 불면증 여신이여, 오늘은 잠잠하군요. 이리 와서 나와 놀아요. 밤은 아주 길답니다. 뭘 하며 놀까요?

나의 여신은 말없이 나의 팔을 잡고 새하얀 밤의 성으로 들어간다. 넓은 계단을 올라, 참을성 있게 버티고 있는 사자상을 지나, 활짝 열린 아치형 문을 통과해, 흑백 우단이 깔린 복도를 넘어 흔들거리는 육중한 계단에 이른다. 이 계단은 용 형상의 등불을 지나 커다란 홀에 이르고, 그곳에서는 빛나는 대리석 기둥 사이의 시원한 분수가 깊은 청동 조개 속에서 솨솨 소리를 낸다. 우리는 낮게 울려 퍼지는 물소리를 들으며 분수 앞에 앉고, 창백한 달빛이 열린 창틈으로 비집고 들어와 원을 그리며 퍼지는 은빛 파문 위에 떨리는 빛을 뿌린다. 분수 맞은편, 검은 삼각형 피라미드 위에 에메랄드 헤르메스가 빛난다.

"저걸 치웠어야 했는데." 나의 여신이 말한다.

맞아요. 공연히 으스스하게 만들어요.

"하지만 우리는 수없이 많은 아름다운 달밤에 함께 헤르메스에 관한 걸 읽었잖아."

물론이에요. 예전엔 그랬지요.

"예전에! 그렇게 슬프게 말할 필요는 없잖아."

하지만 맞잖아요. 예전에 그랬잖아요.

"아니야! 그렇게 말하면 슬프잖아."

당신은 즐겁고 싶나요?

"이곳에서는 그럴 수 없어."

그럴 수 없다고요? 우리는 이곳에서 즐거웠잖아요. 그렇게 오래된 일도 아닌데…….

"따분해졌어. 기둥들은 볼품없고, 끊이지 않는 분수 소리며 지긋지긋한 돌고래는 또 어떻고!"

다른 홀을 지어야 해요. 갈대밭이나 플라타너스 숲에. 붉은 홀을 지어야 해요.

"붉은?"

마음에 안 들어요?

"붉은 홀이라……. 그렇다면 벽은 황금 종려나무로 장식하고, 그다음 모차르트 음악에 맞춰 춤을 추자. 높은 창문으로 검은 숲이 내다보이겠지. 그럼 우리는 다시 슬퍼져서 옛날 대리석 홀로 돌아와 분수 소리를 듣게 될 테지. 사실 우리는 이미 그걸 갖고 있어. 우리는 맘껏 슬퍼할 수 있는 홀이 두 개나 되는 셈이야."

그러면 그냥 여기 머물러 있는 게 낫겠어요.

"그리고 맘껏 슬퍼하면서."

이제 뭐가 더 필요하죠?

"몰라. 뭐든 줘봐!"

당신이 갖고 싶은 게 뭘까요? 첼리니(이탈리아 조각가)의 소금 통을 드려야 할까요?

"포세이돈이 조각된 거? 싫어, 싫어!"

아니면 정원은 어때요? 이탈리아 어느 섬에 있는 정원을 하나 알고 있긴 한데……

"나도 알고 있어. 그게 내게 무슨 소용일까?"

당신을 다시 그리면 어떨까요? 로제티가 그렸던 그런 방식 말고 새롭게. 나르시스 의상을 입은 꽃의 여신으로. 아는 화가도 한 명 있어요. 프랑스 사람인데……

"또는 스페인 사람이나 러시아 사람. 싫어, 싫어."

그럼 하프를 선물할게요. 삼나무로 된 삼발이 하프. 누구의 보물창고에서 나온 건지 알아요?

"난 하프가 필요 없어."

그렇다면 대체 뭘 갖고 싶나요? 노래를 불러줄까요?

"그래, 노래를 불러줘. 어서."

하지만 당신 없이 혼자서는……

"그럼 뭘 하겠다는 거야?"

당신을 즐겁게 하기가 힘드네요. 내가 뭘 해야 할까요?

"묻지 마, 묻지 마."

그럼 이야기를 들려줄게요. 들어볼래요?

"7공주 얘긴가?"

아니에요. 어느 작은 소년과 소녀가 숲속 정원의 푸른 라일락 아래 앉아 있는 이야기예요. 소년은 소녀를 좋아했고, 청년과 아가씨가 된 두 사람은 어느 6월 따뜻한 저녁에 뜨거운 붉은 입술을 나눴어요……

"계속해! 그래서 그다음엔?"

당신처럼 눈동자가 커다랗고 검은 날씬한 여자가 왔어요. 그 낯선 여자는 아주 멋지게 노래를 불렀어요. 그녀는 이국적이고 매혹적이어서 청년은 그만 사랑하는 아가씨를 잊고 말았죠. 그는 낯선 여자와 함께 다른 나라로 갔어요. 더 큰 별이 뜨고 밤이 더 푸르른 나라로. 그들은 새하얀 성을 짓고, 대리석 기둥이 있는 홀을 만들고, 청동 조개 속에서 쇄쇄 소리를 내는 영원한 분수를 만들었어요. 그들은 지금 그곳 분수 옆에 앉아 물에 비친 달을 봐요. 그들은 차가운 손을 맞잡고 차가운 말을 주고받아요. 내 생각에 그들은 각자 향수에 젖은 것 같아요. 적어도 그사이 늙어서 모습이 변한 소년은 확실히 그래요. 그가 고향을 생각하고 있다는 걸 난 알아요. 오래전 철없던 시절, 단 한 번의 배신이 맑은 유리에 간 금처럼 그의 인생에 평생 남은 걸 난 알아요.

"슬픈 이야기네. 끝이야?"

아직 아니에요. 그리고 내 생각에 결말은 가장 슬플 거예요. 그렇게 생각하지 않아요?

"모르겠어. 그리고 그 남자가 아직도 낯선 여자를 사랑하는지 궁금해."

아무도 그에 대한 소식은 못 들었어요. 내가 대신 그렇다고 대답해도 될까요?

셋째 날 밤

나의 가련한 여신이여, 그대의 금빛 머리를 내 어깨에 기대세요. 나는 그대의 어여쁜 이마에서 우울한 옅은 선을 봅니다. 그대가 고개를 내 어깨에 기댈 때 그 동작에 어린 피로와 병색을 봅니다. 그대의 맑고 하얀 관자놀이에서 실핏줄의 미세한 팔딱임도 읽을 수 있습니다.

이리 와서 그냥 울어요! 가을이니까요. 붙잡을 수 없이 달아나는 청춘이 보내는 마지막 경고장을 받았으니까요. 내 눈에, 내 이마에, 내 손에 깊게 새겨진 경고장을 그대는 읽을 수 있을 거예요. 내 안에서도 비통한 감정이 울먹이고 있어요. 너무 빨라, 너무 빠르다고!

이리 와서 그냥 울어요! 울 수 있다면 아직 끝난 게 아니에요. 우리, 사랑의 질투심으로 이 눈물과 슬픔을 똑바로 지켜보아요. 어쩌면 이 눈물 뒤에 우리의 보석, 우리의 시, 우리가 기다리는 노래가 숨어 있는지 몰라요.

장밋빛 사랑을 나누던 시절은 지나갔지만 아직도 수많은 부드러운 실이 우리를 간지럽혀요. 그러니 장밋빛 사랑의 시리도록 아름다운 과거는 과거로 남겨둬요. 장밋빛 사랑을 애칭으로 노래를 불러요. 그때의 선명한 추억을, 수줍음 많은 반가운 손님을 모시듯 살뜰하게 살펴요. 그대와 내가 얼마나 많은 봄날을 보내고 가을을 맞았는지 더는 말하지 마요. 다만 그런 날이 있었음을 기억해요. 단장을 멈추지 말고 우리의 노래를 계속 기다려요.

우리의 노래! 우리가 막 사랑을 시작했을 때 얼마나 간절히 우리의 노래를 꿈꾸었는지, 그대 아직 기억하나요? 수도원이었죠. 화려한 분수대가 있는 예배당. 떨어지는 물소리가 성스러운 십자가의 길, 그 고요 속으로 조용히 퍼지던 수도원. 그대 아직 기억하나요? 그때의 밤들! 수도원 지붕 위에, 쓸쓸한 정원 위에, 향기 좋은 서늘한 산 위에 마법 같은 달빛이 은은히 퍼지던 늦가을 서늘한 밤! 바람은 창문에 새겨진 꽃을 스치고 들어와 어두운 십자가의 길 천장에서 소리 내어 울었고, 달빛이 넓은 창을 지나 기도실 하얀 마루 위를 달렸죠. 그리고 나는 창문 아래 웅크리고 앉아 수도원과 대성당들이 땅에서 쑥쑥 자라나던 먼 옛날 어두웠던 시절 이야기를 친구에게 들려주었죠. 십자가의 길에 늘어선 화려하게 장식된 비석 아래 창백한 달빛을 받으며 낯선 유령처럼 누워 있는 수도원 설립자들, 기사들, 건축주들, 수도원 원장들에 관해 얘기했죠. 당시 나는 친구들이 많았는데, 그중 가장 친한 친구는 빌헬름이었어요. 달밤이나 다른 때 나와 함께 있는 그를 그대는 자주 보았을 테죠. 나처럼 마르고 격정적인 소년.

그때의 친구들이 지금 어디에 있고 우리의 우정이 어떻게 되었는지 묻지 마세요. 지금도 내게는 친구가 두셋 있는데, 그 옛날 친구는 그 안에 없답니다. 그러나 그대는 여전히 거기 그렇게 있고 여전히 나를 사랑합니다. 지금의 친구들이 조만간 죽거나 사이가 나빠지고, 나와 수다를 떨 어린 시절 친구가 단 한 명도 없더라도 그대는 언제나 내 곁에 머물며 때때로 아름다운 옛 시절의 추억을 들려달라 조르겠지요. 그러면 우리는 오늘을 떠올릴 테고, 이 슬픈 오늘이 아득히 먼 어린 시절처럼 아름답고 사랑스럽게 나타나기를 바랄 테죠. 그리고 어쩌면 먼 옛날이 되어 기억으로 포장된 오늘이 우리의 노래가 될지도 모르죠. 우리의 노래!

그러면 그 노래는 마법과 영혼으로 가득한 부드럽고 향기 좋은 그림이 되고, 그 밑바닥에서 우리의 형체가 부드럽게 떠오릅니다. 윤곽이 흐릿한 꿈속 장면처럼. 잠 못 이루는 시인은 뜨거운 손에 이마를 대고, 아름다운 여신이 무릎 꿇고 시인의 어깨에 지친 머리를 기대고 있는 장면. 그리고 내 휴식 없는 인생에서 오직 이 평온한 장면만이 남을 것입니다. 나보다 어린 친구들은 내가 죽은 뒤에도 계속 이 그림을 보고 사랑할 테죠. "불쌍한 시인!" 그들은 말할 테고, 불쌍한 시인이 남긴 영원한 그림과 무릎을 꿇고 있는 형언할 수 없이 아름다운 금발의 여신을 부러워할 테죠.

그대는 또 미소를 짓네요. 나의 여신이여, 내게 키스해 주세요! 내게 입을 맞추고 나와 그대를 용서해요. 우리의 노래를 위해! 우리가 서로의 젊음을 앗아가고 서로에게 저질렀던 모든 괴롭힘을 용서해요.

넷째 날 밤

어째서 옛날이야기를 또 들으려 하나요?
나는 벌써 거의 다 잊었어요. 나를 위해서도 이야기를 위
해서도 잊는 게 제일 좋을 텐데…….

죽은 시인 헤르만 라우셔가 아직 살아 있었을 때 그는
베른의 옛 거리를 배회하곤 했어요. 바람이 거세게 불고
금방이라도 비가 쏟아질 것 같은 11월의 어느 날이었죠.
고독한 시인은 친숙해진 궂은 날씨를 맘껏 누리며 정처
없이 객지를 돌아다녔어요. 견고한 성처럼 거대한 저택
들, 불쑥 튀어나온 주막 입구, 음울한 상가가 늘어선 어
둑어둑한 옛 거리가 병든 시인의 기분에 비통함을 얹어주
었죠. 여기에 거친 하루가 더해져 어느 때보다 영혼이 예
민해진 고향 잃은 가련한 시인은 덧없이 부서지고 실패한
인생을 떠올리며 괴로워했어요. 그가 나중에 내게 말하기
를, 어둡고 좁은 상가를 우울한 기분으로 바라볼 때 수백
가지 상상이 떠올랐대요. 그는 오랫동안 못 만난 친구와
헤어진 애인도 생각했고, 열 걸음 앞 상가의 그림자가 있

는 곳에서 그들을 만난다면 그보다 더 큰 행복은 없겠다 생각했대요.

내가 문득 그의 어깨를 두드렸을 때 그는 깜짝 놀랐어요. 그 순간 나는 그의 눈에서 흔들리는 슬픈 혼란의 빛을 처음 보았어요. 우리는 함께 거리를 걸으며 탑에도 올라가고, 역사박물관에서 화려한 양탄자도 구경하고, 거대한 다리 밑 간이식당에서 송어구이도 먹고, 두 번째 산책 뒤에 방앗간 술집으로 들어갔어요.

불쌍한 라우서가 지독한 알코올 의존증으로 불행한 말년을 보낸 걸 당신도 알고 있죠? 우리는 자리에 앉자마자 두세 병을 마셨어요. 거품이 많은 노이엔부르크 맥주였는데, 이 술은 내 입맛에 맞지 않아 금세 머리가 지끈거렸어요. 그래서 그가 뭐라고 지껄이든 그냥 내버려두었죠. 그는 어두운 상가 앞에서 떠올렸던 상상들을 말하기 시작했어요. 나는 중요한 순간을 포착했다며 뻐기듯 그를 놀렸고, 베른에서 만날 거라 전혀 기대하지 않은 친구를 찾아냈다며 거만을 떨었죠.

그가 희미하게 웃으며 말했어요.

"이 친구야, 그게 행운이라는 증거는 없어. 불운은 도처에 널려 있지. 자네가 그 순간에 나를 생각에서 강제로 거칠게 끄집어낸 거라면, 또는 그 순간에 자네가 오랫동안 찾아다니고 앞으로 다시는 못 만날 친구가 우리 뒤로 지나 갔다면, 그래도 그걸 행운이라 하겠나?"

나는 기분이 이상해져 기가 죽었어요.

"어떤 친구를 말하는 건가?"

그는 웃었어요. 그리고 말했죠.

"특별히 생각한 사람이 있었던 건 아니야. 그냥 그렇단 얘기지. 하지만 이를테면 금발의 마리아일 수도 있겠지."

마리아라는 이름을 듣는 순간 내 심장이 우울함과 사랑에 박자를 잃고 나대었어요. 일일이 설명하기 힘들 정도로요. 나는 당황하여 라우서에게 물었어요.

"마리아를 자네가 어떻게 알지? 아무에게도 마리아 얘기를 안 한 것 같은데……. 나조차도 그녀와 그녀의 이름을 까맣게 잊고 있었어. 그녀를 알아? 그녀가 아직 살아 있어? 그녀가 여기 베른에 있어?"

라우서는 싱긋 웃더니 담배를 새로 꺼내 물었어요.

"그녀가 살아 있냐고? 나도 몰라. 못 본 지 오래야."

"마지막으로 본 게 언제야?"

내가 다급하게 물었죠. 그는 맥주를 한 모금 크게 삼키고 말했어요.

"내가 말하지 않았던가? 아주 아름다웠지! 제비꽃 정원의 초록색 벤치에 함께 앉아 그해 처음으로 나이팅게일의 지저귐을 들었지. 우리는 커다란 책을 펴고 같이 읽었는데……."

나는 죽을 것처럼 새하얗게 질려서 외쳤어요.

"그만, 그만해! 안 그러면 죽여버리겠어! 그건 나였어, 나였다고! 초록색 벤치에 마리아와 함께 앉은 사람도 나였고, 그 책도……."

라우셔는 내 잔에 술을 따르며 말했어요.

"그렇게 흥분할 것 없어."

나는 애원하다시피 빌었어요.

"라우셔, 제발……."

"자, 건배! 자네의 행복을 위하여!"

그는 환하게 웃으며 잔을 부딪치고 나서 말을 이었어요.

"이야기를 계속해도 될까? 그 책은 아름다운 청춘 이야기였는데 아주 재미있었어. 아라비아의 작은 인형이 꽃 덩굴을 타고 놀 듯 마리아와 나는 글자 사이사이를 오르내리며 장난을 쳤지."

나는 또 소리쳤어요.

"마리아와 나라니까!"

라우서가 말을 이었어요.

"자, 내 얘기를 들어봐. 그런데 마리아는 불안해하며 책에 집중하지 못했어. 그리고 이야기가 슬퍼지자 책장을 한 움큼 찢어……."

"숲으로 달아났고, 나이팅게일은 계속 울어댔고……. 오, 라우서!"

라우서가 외쳤어요.

"자, 건배!"

나는 두 손으로 무거운 머리를 감싸고 목 놓아 울고 싶었어요. 한참 뒤 고개를 들었을 때 라우서는 가고 없었어요. 지끈거리는 두통과 함께 반쯤 술에 취한 나는 술집을 나왔어요. 라우서가 죽기 얼마 전이었어요.

다섯째 날 밤

사실 모든 게 제비꽃 때문이에요. 제비꽃과 봄 때문이에요. 그것만 없었더라도 모든 달콤한 고뇌는 없었을 테고, 내 인생이 피를 흘리는 일도 없었을 텐데.

나의 명랑한 어린 시절의 영혼에 향기 나는 어두운 그

림자가 드리운 건 정원의 제비꽃 때문이에요. 우리의 책에 있던 봄 이야기가 갑자기 그렇게 슬퍼지고, 아름다운 마리아가 책을 버리고 도망치고, 나이팅게일이 어둠 속에서 무섭도록 달콤하게 심장을 옥죄듯 노래하기 시작한 건 제비꽃의 향기 때문이에요.

아, 나이팅게일의 노래를 듣지 않았더라면! 나를 즐겁게 하던 사랑의 노래가 멈추지 않았을 테고, 그러면 어두운 그리움이 나를 깨우지 않았을 텐데. 그랬더라면 저주받은 울타리 같은 내 인생 뒤안길에서 잠드는 행복을 꿈꾸지 않았을 텐데. 그랬더라면 내 인생에서 가장 아름답고 축복받은 부분이 읽히지 않고 경험되지 못한 채 남는 나쁜 꿈을 꾸지 않았을 텐데. 그랬더라면 나는 시인이 되지 않았을 테고, 슬픈 이야기를 쓰지 않았을 테고, 고통의 절망적인 언어도 모르고 살았을 텐데.

그러나 꿈은 거품이 아니에요. 우리의 나이팅게일이 마지막으로 끔찍하게 아름다운 불협화음으로 부른 노래가 내 안에서 여전히 울리고 조용히 사그라들기를 갈망하고 있어요. 그리고 불리지 않은 채 조각난 박자로 내 피와 인생을 덮었고, 미세한 불협화음으로 매시간 나를 괴롭혔던 노래 중의 노래는 내가 가장 사랑하는 꿈으로 변했어요.

아테나 여신이 갑옷을 입은 채 제우스의 머리에서 튀어 나오듯 완성된 시가 머리에서 나오는 시인은 없다고 생각 해요. 시 한 구절이 얼마나 많은 영혼과 얼마나 많은 붉은 심장의 피를 마셔야 제 발로 홀로 서서 걸을 수 있는지 나 는 알아요. 그리고 그편이 더 견디기 쉬울 거예요. 하지만 매번 조롱받는 끔찍한 기분이 들어요. 아주 멋져 보이던 시가 심연을 길어 올리지 못하고, 옛 불협화음의 씨앗을 지니고 있고, 아름답게 타오르는 그리운 꿈의 거울이 아 니라 시인의 거울에 불과하다는 조롱! 그래서 시는 그토 록 깊이 우리의 인생을 갉아먹고 그렇게 많은 심장의 피 를 가져갔어요!

아, 사람들이 늙어 자신의 한계를 알게 된다면…… 꿈꾸 던 음이 울리기 전에 조급해지고, 간직할 것과 버릴 것을 혼동하고, 점점 옥죄어오는 끔찍한 두려움 속에 죽게 된다 면…… 오랜 기다림과 준비 뒤에 아무것도 못 이루고 죽게 된다면…… 또한 새롭게 패배하고 절망할 때마다 무의식 을 파고들어 괴롭히는 자기 영혼의 비난 섞인 목소리와 그 것이 낸 상처가 오로지 위대한 불멸의 언어가 주는 측량할 수 없는 행복으로만 화해되고 치유된다면…….

아, 사람들은 시인을 그토록 욕했지만 정작 욕을 들어야

할 사람이 누군지 잘 알았고 또 알고 있으며, 불안하게 그
것을 비밀로 감춰두네요. 심지어 자기 자신에게도!

여섯째 날 밤

　　　　어둠, 정적, 고독. 두려운 밤이 똑딱거리
는 시계 초침과 뜨거운 관자놀이에서 팔딱거리는 핏줄과
박자를 맞춰 끝없이 이어진다. 나는 다정했던 일과 편안
했던 일들을 생각하려 애쓴다. 따뜻한 추억, 친절한 생각
과 시, 마음을 진정시키는 비유를 떠올려본다. 헛일이다.
꽉 막힌 듯한 시간 앞에서 아무것도 떠오르지 않는다. 지
금 어머니가 곁에 앉아 사랑과 추억의 따뜻한 보살핌을 베
푼다면 나는 아마 미소를 짓겠지만 덜 고통스럽지는 않
으리라.
　아, 불면의 밤이여! 나라는 존재와 인생이 지닌 모든 힘
과 관계가 이 밤의 흐릿한 표면으로 밀려나 힘없이 피곤
한 자아를 관찰하는구나! 내가 존경하는 신도 내게 연민
을 보내주지 않는다. 멀리 있는 친구의 기도와 기억도 소
용없고, 가장 아름다운 추억도 진실도 말할 수 없는 이 고

통의 사슬을 못 끊는단 말인가? 한때 나를 기쁘게 했고, 오랜 기간 나를 고양시켰던 것들이 따뜻한 눈빛을 잃었다. 나의 신들은 돌이 되어버렸고, 나의 인생은 내 마음에 한갓 낯선 그림자를 드리우는 창백한 꿈이었다.

친구 중 누군가가 지금쯤 어느 먼 도시에서 침대에 누워 잠 못 이루며 내 생각을 하고 있을까? 아, 그는 잠들었다. 그렇다면 나의 위로받지 못한 생각은 어디로 향해야 한단 말인가. 갈 곳이 없다. 아픔을 공유할 사람을 찾자. 다른 불면증 환자, 나처럼 잠 못 들고 뒤척이며 누워 있는 창백하고 피곤한 동지, 눈을 크게 뜨고 멍하니 괴로워하는 동료. 멀리 떨어져 있으나 나와 똑같이 어두운 침실에 고독하게 누워 있는 슬픈 형제여, 내 그대들에게 인사한다. 그대들도 나처럼 괴로워하고 있구나. 눈을 크게 뜨고 어둠 속에서 뭔가를 찾고 있구나. 부릅떴던 눈을 감으면 고통이 밀려온다. 그대들은 형제를 생각하고 있는가? 그대들은 나를 생각하고 있는가? 아, 우리가 서로를 생각하며 보이지 않는 침묵으로 연대할 수 있다면 얼마나 좋으랴! 나는 우리가 서로 이해하고 있다고 믿는다. 휴식을 모르는 우리의 예민한 신경은 메시지를 보내고 응답할 능력이 있다고 믿는다. 그러니 우리는 말하지 않고도 몇 킬로미터의 거리를 뛰어넘어 우리의 고통과 희망을 이야기할 수 있으리라.

우리는 서로의 낯선 운명에 눈물을 흘리고, 자신의 운명을 이야기하며 다시 새롭게 내 운명을 사랑하게 되리라. 우리는 서로 연결되어 있다. 우리는 각자의 인생을 다른 사람에게서 다시 발견하게 될 것이고, 우리의 연대는 점점 넓어질 테고, 줄의 끝과 시작이 우리 손에 들렸으니 지역과 성별을 뛰어넘어 함께 그 줄을 당길 수 있으리라. 이 줄을 커다란 하프 줄처럼 뜯으며 우리의 공통된 삶을 노래하고, 혼자 하지 못했던 영원한 깨달음을 차츰 깨우쳐 갈 수 있으리라.

형제들이여, 나는 그대들을 부를 수 없다. 그러나 매일 밤 나는 그대들을 생각하고, 같은 고통을 겪는 그대들에게 인사를 하고 싶다.

이런 생각을 하고 있을 때 부드러운 손이 나를 잡는다. 오, 나의 여신이여! 얼마나 애타게 그리던 나의 여신인가! 내 영혼이 좋은 생각을 시작할 때까지 기다리고 있었던 것인가?

밤이 더 부드러워지고 더 온화해지고 더 다정해진다. 별이 아름답게 빛나고 익숙한 장면이 어둠에서 나와 내 영혼 앞에서 사라지기 시작한다. 나는 그대를 안다. 그대는 공원이고, 반달 모양의 벤치이고, 내가 첫 번째 노래를 지었던 날의 아침 향기이다. 나의 첫 번째 노래! 파릇파릇 새순이 돋은 봄날의 너도밤나무가 내 노래를 들었고 황금빛의 붉은 그림자로 나를 감싸주었다. 오, 시와 사랑에 수줍어하며 감동했던 달콤한 시간이여! 나의 여신이여, 그대에게 감사하노라!

일곱째 날 밤

　　　　너무 많은 걸 묻지 마요! 공원의 밤나무 벤치에 대해 말해달라고요? 죽은 엘리제에 대해서도? 또 마리아에 대해, 그리고 다른 사람에 대해…… 그러니까 사랑 이야기를?

　너무 많아요! 나를 사랑한 여인도 많고 나를 사랑하지 않은 아름답고 매혹적이고 사랑스러운 여인도 많아요. 어느 편 여인들이 나를 더 힘들게 했는지 나도 몰라요. 내 청춘과 시의 하늘에서 반짝반짝 빛을 내는 큰 별 세 개. 마리아, 엘리제, 릴리아. 그들은 나를 사랑하지 않았어요. 나는 세 여인 때문에 괴롭지는 않았어요. 하지만 나를 사랑했던 엘레오노르는 나를 힘들게 했죠. 엘레오노르! 그 이름이 벌써 내게 고통을 주네요. 고상하고 아름답고 냉정하고 용감하고 감미로우면서 섬세했죠. 아, 언젠가 그녀에 대한 노래를 부르리.

늦여름 저녁 무렵. 감청색 하늘, 저 높은 따사로운 대기에서 별들이 떨어지고 있었죠. 우리 두 사람은 장미 잎사귀에 둘러싸여 있었어요. 나와 엘레오노르. 서로의 가장 깊은 결핍을 아는 축복받은 가련함이여. 엘레오노르! 예측했던 대로 우리의 사랑은 끝났어요. 슬프도록 가파른 내리막길에서 큰 동작으로 감춰진 것 하나 없이 처음부터 끝까지 완전히 끝나버렸어요. 화창한 어느 늦여름밤, 마지막 붉은 장미와 붉은 포도 잎 사이에서 우리는 웃으며 괴로워하며 헤어졌고, 박살 난 유리잔에서 열정의 쓸쓸한 찌꺼기가 어둠 속으로 쏟아졌지요.

이 이야기는 그만하고 싶어요. 그날 밤 이후 나는 인생을 알게 되었어요. 인생은 잠에 취한 사람의 비틀거림 같아요. 일렁이는 작은 파도 같아요. 비몽사몽간에 중얼거리는 잠꼬대 같아요. 그날 밤 이후 나는 살아가는 것이 무의미하다는 걸 알게 되었어요……. 아, 차라리 다른 여자들 이야기를 할게요. 나를 사랑하지 않고 그저 연민만 가졌던 여자들 말이에요. 연민 어린 선한 커다란 눈망울은 견딜 수 없게 아름답고 쓸쓸했죠. 그중 한 여인은 내 사랑의 아름다움을 이해했고, 포옹으로 위로될 수 없다는 것도 알았죠.

시인의 사랑. 그대도 아는 것처럼 사람들은 그것을 대수롭지 않게 여겨요. 노래의 아픔과 아름다움만큼 대수롭지 않게 여겨요. 그냥 노래에 불과하잖아! 한 남자가 사랑을 하고, 사랑하는 첫날부터 사랑의 달콤함을 포기하고, 스스로 도달할 수 없는 사랑을 그리움과 꿈으로 엮어 별자리에 띄워 올리는 것을 그들이 어떻게 이해할 수 있겠어요? 그들은 인생이 무엇인지도 모르는걸요. 그들은 작은 파도를 타듯 시간의 물결을 타다 다시 떨어지고, 그들의 존재가 어떤 줄로 영원성과 이어져 있기를 바란 적이 없어요. 모든 시인이 평생토록 반쯤은 무의식적으로 베아트리체의 초월적인 아름다움을 노래한다는 걸 그들은 몰라요. 세월의 혼탁한 강물에 떠밀려 출생과 죽음 사이에서 난파된 채 세찬 소용돌이 속에서 표류한다면…… 우리 안에서 상연되는 영원한 장면을 찾으려면 우리의 애타는 시선을 어디에 둬야 할까요? 저 하늘의 별자리가 아니라면 어딜 봐야 할까요? 고향을 잃고 방황하던 밤의 은둔자 오디세우스도 총명하고 슬픈 눈으로 저 별자리를 바라봤다는 걸 우리는 알아요.

오, 나의 여신이여! 아름다운 눈으로 그렇게 동정하듯 보지 마세요. 잠 못 이루는 창백한 이마 뒤에서 불가사의한 정신이 활활 타오르는 불꽃 속에서 어떻게 재가 되는지 그대는 아시나요? 지금처럼 그대 앞에 창백한 얼굴로 조용히 눕게 될 밤, 내 이마 뒤에서 마지막 불꽃이 필사적으로 이글거릴 그 밤을 벌써 보고 있나요?

그럴 리 없어요! 그대는 그런 생각을 하지 않아요. 나는 이제 그대를 알아요. 그대의 눈빛이 내게 말하네요. 그대가 내 마지막 사랑임을 그대도 알고 있다고. 그대의 이름이 마리아, 엘리제, 릴리아, 엘레오노르라는 걸 그대도 알고 있군요. 그대가 베아트리체라는 것도! 꽃의 여신처럼 가녀린 그대의 팔다리나 장엄한 표정이 아니어도 나는 그걸 예전부터 알고 있었답니다. 감미로운 그대 곁에서 내 어린 심장은 몹시도 두근거렸고, 후텁지근한 늦여름밤에 나는 그대의 눈동자에서 사랑과 고뇌를 읽었죠.

그대의 눈빛이 내게 말하네요. 내가 그대 것이고, 내 운명이 그대 손에 달렸음을 그대도 알고 있다고. 아, 옛날 그 여인들의 눈에 비쳤던 동정의 눈빛. 귀족으로 태어난 남자가 반쯤 고개를 숙이고 기꺼이 노예가 되겠다고 맹세할 때 그 여인들이 보여주었던 눈빛. 동정의 눈빛 뒤에는 조롱처럼 슬픈 질문이 있었죠. 그것이 전부인가요? 그것이 사랑인가요?

동정의 눈빛을 거두어 주세요! 나는 참을 수 없어요. 그 뒤에 숨은 질문, 슬픈 잔인함을 견딜 수 없어요. 아, 내가 어떻게 그대를 비난할 수 있겠어요. 하지만 나는 그대를 알죠. 그대가 내 인생에 가져온 쓰디쓴 고통을 말하면 그대는 내 말에 귀를 기울이고 조용히 미소 짓고 심지어 고개도 끄덕이죠. 그리고 마지막에 이렇게 묻죠.

"사라져줄까?"

그러지 말라고 내가 대답할 걸 그대는 알고 있죠.

여덟째 날 밤

오늘도 또! 실핏줄의 조용한 팔딱임, 벽지를 타고 떨어지는 흙먼지 소리, 바람의 긴 한숨! 1초, 1분, 다시 1초, 1분, 또다시 1초, 1분. 내 짧은 인생이 다른 사람의 인생을 지나 낯설고 덧없이 내 옆으로 방울방울 떨

어진다. 얼마나 많은 시간을 그 방울들은 열에 들뜬 내 손
가락 사이로 빠져나갔을까? 수천 방울, 어쩌면 수만 방울
이 빠져나갔으리라! 내게서 떠나 더는 고통도 행복도 주
지 않는다. 내가 살지 않은 인생 방울이지만, 그런데도 내
게서 무언가를 앗아갔다.

그러면 결국 나는 새하얀 모습으로 말없이 눕게 되는 건
가. 단출하고 소박한 나무관에 누워 축축한 좁은 땅에 묻
히게 되는 건가. 지인들이 뒤따라오며 소소한 수다를 나누
겠지. 목사가 무덤 옆에서 근사한 성경 구절로 시간과 영
생을 설교하리라. 시인의 무덤 옆에서!

아름다운 여신이여! 그래요, 웃으세요! 그대가 커다란
눈을 동그랗게 뜨고 감미로우면서도 아이러니한 표정으
로 목사 뒤에 서 있을 걸 난 알아요. 하기야 그대는 벌써
수많은 무덤 옆에 서 있었겠지요. 목사가 내 영혼이 불멸
하리라 말할 때 그대는 어떤 표정을 지을까요? 내 영혼이
곧 그대니까요. 적어도 일부분이 그대니까요. 내 영혼은
영원히 살면서 그대의 몸짓을 하고, 그대의 미소를 짓고,
그대의 목소리로 말하고, 그대와 똑같이 곱슬머리가 흘러
내리겠죠. 얼마나 많은 죽은 시인들이, 잊힌 시인들이 그
대에 대한 시를 지었던지 그대는 내게 와서 비로소 아름답

고 날씬하고 상냥해졌어요.

이제 그대는 내 것입니다. 한 단어, 한 운율조차 내게 머물지 않더라도 그대는 나의 일부로서 영원히 불멸하겠죠. 내 이름을 모르는 나의 후손들이 그대를 존경하고 이해하겠죠. 그들 중 누군가가 완성할 불멸의 작품 어딘가에서 한 단어로, 한 음으로, 작고 흐린 붓질로 내 삶이 영생을 누리겠죠. 아주 작더라도 어느 특별한 붓질로 그대가 그려진다면 그대는 내게 고마워해야 해요. 내가 아니었다면 불가능했을 불멸의 작품에 그대의 아름다움이 영원히 살겠죠. 그리고 내 삶의 영원한 여운이 완전한 음이 되어 영원한 화음에 곁들여질 거예요. 영원히! 그러니 죽음, 무덤, 설교, 그런 게 다 무슨 소용이 있겠어요! 삶에 수없이 많은 불편한 우연에 불과하죠.

나는 의식적으로 시를 짓고 사람들을 만나지만 대지와 우주는 무의식적으로 창조합니다. 수천 년이란 뭘까요? 한 뼘의 시간, 영원함의 찰나와 같은 먼지일 뿐이죠. 까마득한 옛날 바닷가를 거닐었던 젊고 아름다운 나우시카도 마찬가지죠. 오늘은 수천 년 전과 똑같이 아름답고 젊고 생기 있어요.

그대는 또 웃네요. 내 아름다운 여신, 그대는 여인이네요. 그대의 여성성은 영원함과 너무 가까워 저 너머를 그리워하며 손을 뻗는 우리의 갈망을 이해하지 못하네요. 그리고 이해하지 못하는 것은 그냥 웃어넘기네요. "별 웃기는 일이 다 있네!" 하면서. 그래서 그대는 다른 사람의 얼굴에서 그대가 알지 못하는 고통을 보면 이렇게 말하며 웃을 수 있죠. 그대를 위해 나는 꼭 우아하게 죽으려 애써야겠어요!

나의 여신이여, 나는 그대가 부럽네요! 아, 그대에게는 내 인생이 그저 하나의 일화이고, 한 편의 씁쓸한 이야기이고, 불안하고 아픈 하룻밤이겠죠. 나중에 그대는 다시 환하게 웃겠지요. 마치 아무 일도 없었던 것처럼, 초조하고 불편했던 한순간에 불과한 것처럼. 내가 말한 '나중에'란 내가 죽은 뒤를 말하는 거예요. '불편했던 한순간'이란 온갖 환호와 절망이 함께했던 나의 첫날부터 마지막 숨이 멎을 때까지의 전체 인생을 말하는 거고요. 인생이 허무하다는 뜻은 아니지만 영원의 좌표에서 깜빡이는 이 작은 점은 뭘까요?

위대한 죽음이 뭐란 말인가요? 위대한 알렉산더, 위대한 티치아노, 위대한 나폴레옹의 죽음이 그것일까요? 배고픈 사람에게는 빵 한 조각이 위대한 알렉산더보다 중요

해요. 그리고 배고프지 않은 사람이 어디 있을까요. 알렉산더보다 더 중요한 수천 가지 고민을 갖지 않은 사람이 어디 있을까요. 내가 지금 잠들 수 있다면, 이마와 뻑뻑한 눈 뒤에 숨은 상념의 미열을 안정시킬 수만 있다면 나는 불멸의 영혼을 얼마나 포기할 수 있을까요? 4분의 1쯤, 절반쯤, 전부?

오, 그대 나를 보네요! 내가 괴로워하는 모습을 보고 있네요. 모든 게 한 여인 때문이에요. 모든 게 그대 때문이에요. 내 가슴속의 무거운 심장 박동, 내 눈꺼풀의 고통스러운 떨림, 내 입의 메마른 숨소리, 이 모든 건 그대를 위한 내 인생 한 방울, 그대를 새기기 위한 한 번의 끌질, 그대를 그리기 위한 한 번의 붓질입니다.

나를 나무라지 마요. 이 모든 고통이 그대를 위한 게 아니면 어쩌나 걱정하게 하지 마요. 그대가 없으면 모든 게 아무것도 아니에요. 내게 동화 한 편을 읽어주세요. 나를 사랑한다고 말해주세요. 영원히 내 곁에서 함께 아파한다고 말해주세요.

그대의 손은 참으로 부드럽네요! 그대의 손에 담긴 모든 역사가 그대로 전해지네요. 깊게 주름진 이마와 월계관을 그리기로 유명한 피렌체 화가가 일찍이 그렸듯이 그대

의 손 모양과 자세에 담긴 고귀한 문화가 고스란히 느껴져
요. 그렇듯 기품 있는 손을 가진 사랑스러운 그 귀족은 지
금 어디 있을까요? 내 손에도, 내 이마에도 그대의 손길이
닿지 않네요. 독특하고 섬세한 내 인생의 조용한 폭풍도
그대를 그냥 지나치네요.

나를 아는 사람이 아무도 없게 되면 그대의 손은 다른
이의 이마에 올려지고, 다른 이의 어깨를 토닥일 테고, 그
대의 토닥임을 받은 수많은 다른 사람들과 함께 나의 아름
다움과 병과 예술은 영원히 남고 활기를 얻겠죠.

눈에 보이지 않고 조용하고 끊이지 않는 폭풍과 문화를
인식하는 삶, 단테와 도나텔로를 이어주는 아름다운 선.
그것이 영원입니다. 그것이 불멸입니다. 나의 아름다운 여
신, 바로 그대입니다!

밤의 사색

우리 인간은 다른 누군가를 살해하고

출생과 무덤 사이에서 탐욕스럽게 기웃거리고

두려움에 떨면서도 열정으로 벌겋게 달아오르고

겁박하는 지배자에게 아첨하고

다가올 행복에 관한 우화에 귀 기울이고

내일을 위해 오늘을 제물로 바치고

위험하고 불안하게 살면서

먼 옛날을 뒤돌아보며 부러워한다

미래와 과거, 두 낙원 사이에서

우리의 거주지는 지옥으로 정해져 있고

우리는 이런 지옥의 삶에

거짓 목표와 거짓 의미를 부여하려 애쓰고

우리 시대만큼 절망적이고 잔혹한 시대는 없었고
죽음을 이토록 가까이, 행복을 이토록 멀리 느꼈던 시절
은 없었노라 생각하며
순수함과 빛을 애타게 갈망한다

그러나 대지가 우리 발밑을 든든히 받쳐주고
어머니처럼 묵묵히 자연을 다스리고
씨앗과 새싹으로 영원한 생성을 말한다
우리가 아무리 겁먹은 아이처럼 소리를 질러도
대지는 그저 미소만 짓는다

보라, 우리 위에
은총이자 피난처인 정신이
방황하는 자녀를 위한 약속과 위로를 가득 담고
똑같이 미소 지으며 기다린다
어떤 자녀는 어머니에게 돌려보내고
어떤 자녀는 빛으로 데려간다
대지와 정신, 영원한 눌 사이에서
모성의 세계와 부성의 세계 사이에서
세상의 혼, 사랑의 기적이 피어난다

사랑의 기적은 세상의 혼란스러운 소음을

아름다운 화음으로 만들고

그 마법으로 얼어붙은 우리 몸을 타오르게 하여

우리 형제들을 성스러운 합창단으로 세운다

친구여, 괴로워하며 아무런 희망도 없이

어두운 길을 가고 있는 네게도

사랑의 은총은 열려 있다

행복도 의미도 감정도 삶도 느끼지 못한 채

고독과 공허 속에서

잔인한 세상의 공포에 둘러싸여 있다고 느끼는 동안

고통받고 있는 형제들이 곳곳에서 너를 기다리고 있다

눈을 크게 뜨고 보라

그리고 다른 사람들을 위해 너를 바쳐라

가난한 사람들에게 베풀 빵도 위로도 없다면

너를 주어라, 너의 슬픔과 고난을 그들에게 주어라

너에게 마음의 문을 닫은 그들과 대화하라

말과 눈빛과 몸짓으로 사랑을 전하라

그러면 항상 기다리고 있는 어머니 대지와 아버지 정신이

너의 감각과 영원한 힘을 열어줄 것이다

너는 혼돈 속에서 고향을 발견하고
무의미한 공포를 직시하고 인내하고 해명할 수 있으리라
그리고 너는 지옥의 자욱한 연기 한복판에서
깨어나 소생할 것이다

'투쟁'에서 아무런 매력을 느끼지 못하게 된 이래 나는
투쟁하지 않고 고결하게 고통받으며 침묵을 우위에 두는
모든 사람을 사랑하게 되었다. 그렇게 나는 투쟁을 버리고
고통을 택하는 길을 발견했고, 결코 부정적이지 않은 인내
의 의미를 알았고, 공자와 소크라테스와 그리스도교가 똑
같이 권하는 '미덕'을 찾았다.

고대 중국의 고전이 말하는 '현자'나 '성자(이룬 자)'는
인도 철학이나 소크라테스 철학이 말하는 '선인'과 똑같
다. 이들의 힘은 누군가를 죽일 준비가 아니라 반대로 죽
임을 당할 준비가 되어 있다는 데서 나온다. 부처에서 모
차르트에 이르기까지 모든 고귀함과 가치, 완전한 순수성
과 유일무이함은 그것에 뿌리를 두고 있다.

세상이 너무나 부패하고 위태로워 인간에 대한 믿음과

협력 의지가 모두 사라질 위험에 있다. 그러나 나는 쓸데 없어 보이는 일일지라도 끝까지 하고 마는 고집과 끈질긴 의지를 바로 이런 암울함에서 얻는다.

우리는 모두 절망 속에 산다. 그리하여 깨어 있는 사람은 모두 신과 무(無) 사이에서 숨 쉬고 오르내리고 오간다. 목숨을 내던지고 싶은 마음이 매일같이 울컥 솟구치지만 인격과 시간을 초월하는 내면의 무언가에 의해 매번 저지당한다. 그리하여 영웅적이지 않은 나약한 행동이 오히려 용감한 행동이 되고, 우리는 미래를 믿는 전통적 미덕을 조금 구해낸다.

신이 생각했던 인간, 여러 민족의 문학과 지혜가 수천 년 동안 이해해온 인간은 자신에게 쓸모없는 것에서도 기쁨을 찾아내고 아름다움을 감지할 줄 아는 존재이다. 아름다움을 기뻐하는 인간의 능력에는 언제나 정신과 감각이 똑같이 관여한다. 궁핍하고 위태로운 삶의 한가운데서도 자연이나 그림의 색채, 폭풍이나 바다가 내는 소리, 인간이 만들어낸 음악에 기뻐할 줄 아는 한, 이익과 위기 뒤의 전체 세계를 보고 느낄 수 있는 한, 장난치는 어린 고양이의 고갯짓에서부터 소나타의 변주곡에 이르기까지 또는 마음을 움직이는 강아지의 눈빛에서부터 시인의 비극에 이르기까지 모든 연관성, 다양한 관계, 일치, 유사성, 반영을 감지하는 한, 영원히 흐르는 언어를 들으며 기쁨, 지혜, 즐거움, 감동을 얻는 한, 인간은 자신의 어리석음을 극복하고 자신의 존재에 의미를 부여할 수 있다. '의미'란 다양성을 일치로 또는 세계의 혼란을 조화로 이해할 수 있는 정신 능력이기 때문이다.

두려움 극복

멀리, 넓은 호수 저 멀리까지 나가서 그는 노를 내려놓았다. 이 정도면 충분히 멀리 나왔고, 그는 흡족했다. 예전에는 죽음이 임박해 피할 수 없을 것처럼 느껴지는 순간이 되면 언제나 주저하며 결심한 일을 다음 날로 미뤘고, 다시 한 번 조금 더 살아보려고 애썼다. 이제는 미룰 수 없게 되었다. 작은 배의 운명이 곧 그의 운명이었다. 그것은 작고, 한계가 정해져 있고, 인위적으로 안전을 보장하는 삶의 공간이었다. 그러나 주변은 온통 암흑이 깔렸고, 그것이 세계이고 우주이고 신이었다. 그 속에 몸을 던지기는 어렵지 않았다. 그것은 쉬웠다. 그것은 다행이었다.

그는 배의 난간에 앉아 발을 물에 담갔다. 그리고 서서히 고개를 숙였다. 배가 그의 뒤로 스르르 물러날 때까지 멈추지 않고 몸을 앞으로 구부렸다. 마침내 그는 우주에 잠겼다.

그 순간부터 그가 겪은 짧은 순간들 속으로, 그가 지금까지 살아온 40년의 세월보다 더 많은 경험이 돌진해왔다.

물에 빠지는 순간, 배의 난간과 물 사이에 떠 있는 아주 짧은 순간에 그는 자신이 자살을 감행하고 있다는 걸 인식했다. 끔찍하지 않지만 기이하고 멍청하고 유치한 짓이라는 생각이 들었다. 죽음을 간절히 원하던 열렬한 열정과 죽음의 광기도 그와 함께 추락했고, 이제 그런 것들은 어디에도 없었다. 그의 죽음은 지금 꼭 필요한 행동이 아니었다. 죽음은 늘 바라왔던 대로 아름답고 완벽하게 진행되었지만 죽고 싶다는 갈망이 더는 존재하지 않았다. 온전한 자기 의지로 모든 희망을 포기한 채 기꺼운 마음으로 배의 난간에서 미끄러져 어머니 대자연의 품으로, 신의 품으로 추락하던 그 찰나 이후부터 죽음은 그에게 아무런 의미도 없게 되었다. 모든 것이 간단했고 모든 것이 놀랍도록 쉬웠다. 어떤 난관도 장애물도 존재하지 않았다. 추락의 과정 전체가 완벽한 예술이었다. 그것은 삶의 결과로서 그의 일생을 밝게 비췄다. 추락! 추락을 감행한 사람은, 자신을 던진 사람은, 자기를 붙잡고 있는 일체의 끈을 놓고 발아래 든든한 땅을 포기한 사람은 마음속 안내자의 목소리만 듣는다. 그러면 모든 것이 승리이고, 모든 것이 좋으며, 두려움도 위험도 없다.

위대하고 유일한 순간이 왔다. 그가 자신을 던졌다. 물에 몸을 던진 것이 반드시 죽음으로 끝나는 게 아닐 수도 있다. 삶으로 자신을 던졌을 수도 있다. 그러나 중요한 건 그게 아니다. 그는 살아서 다시 이곳에 올 것이다. 그러나 그때는 자살이 더는 필요치 않을 테고, 이 모든 기이한 우회로도 필요치 않을 테고, 이 모든 힘들고 고통스러운 멍청한 행위도 필요치 않을 것이다. 그는 두려움을 극복했기 때문이다. 두려움 없는 인생! 멋진 생각이다. 두려움을 극복하는 것은 축복이고 구원이다. 살면서 늘 두려움에 떨었는데, 죽음이 목을 죄어올 때 그는 두려움이나 공포가 아니라 미소와 안도감과 편안함을 느꼈다. 그 순간 그는 두려움의 실체를 깨달았다. 그리고 그것을 깨달은 사람만이 두려움을 극복할 수 있다는 것도 알게 되었다.

인간은 수많은 것을 두려워한다. 통증, 다른 사람의 평가, 자기 자신의 마음, 잠들기, 잠에서 깨기, 외로움, 추위, 광기, 죽음을 두려워한다. 그러나 그 모든 것은 가면이자 위장에 불과하다. 실제로 인간이 두려워하는 대상은 한 가지뿐이다. 몸을 던지는 것. 미지의 세계로 뛰어들기. 안전했던 모든 것을 뿌리치고 훌쩍 몸을 던지는 것이다. 그렇게 자기 자신을 송두리째 내던진 경험이 있는 사람은, 그렇게 큰 믿음을 경험하고 운명을 철저히 믿어본 사람은 두려움에서 벗어날 수 있다. 그는 지상의 법칙을 버리고 우주에 자신을 던져 전체의 흐름에 몸을 맡길 것이다. 그것은 너무 쉬운 일이어서 어린아이도 얼마든지 할 수 있다.

그는 이것을 생각하지 않았다. 사람들이 생각을 생각하는 것처럼 그렇게 생각하지 않고, 그는 이것을 경험하고 느끼고 만지고 냄새 맡고 맛보았다. 그는 삶이 무엇인지 맛보고 냄새 맡고 보고 이해했다. 그는 세계의 창조를 보았고 세계의 종말을 보았다. 이 둘은 마치 적군처럼 언제나 대치하고, 절대 끝나지 않고 영원히 움직인다. 세계는 언제나 다시 태어나 또 언제나 다시 죽는다. 모든 삶은 신이 내뱉는 날숨이다. 모든 죽음은 신이 들이마시는 들숨이다. 거센 저항 없이 몸을 던질 줄 아는 사람은 쉽게 죽고 쉽게 태어난다. 이와 달리 몸을 던지지 못하는 사람은 두려움에 떨고 힘들게 죽으며 마지못해 다시 태어난다.

호수 아래로 가라앉는 그는 밤 호수 위, 빗물을 머금은 회색 어둠 속에서 상연되는 세계의 연극을 보았다. 해와 별이 떠올랐고, 다시 떨어졌고, 인간과 동물, 유령과 천사들의 합창단이 마주 보고 서서 노래했고, 침묵했고, 소리를 질렀고, 존재의 무리가 서로 맞섰고, 모두가 자신을 잘못 이해하고 자신을 증오했고, 다른 존재에게서 보이는 자신을 증오하고 쫓아냈다. 모두가 죽음을 갈망하고 휴식을 원했다. 그들의 목표는 신이었다. 신에게 다시 돌아가 신 곁에 머무는 것이었다. 그 목표가 두려움을 만들었다. 잘못된 목표이기 때문이다. 신 곁에 머무는 것은 불가능했다! 휴식도 없었다. 오로지 영원히 거룩하고 성스러운 날숨의 탄생과 들숨의 죽음이 있을 뿐이었다. 구성과 해체, 탄생과 죽음, 떠남과 돌아옴이 끝없이 반복되었다. 그래서 오직 하나의 예술, 오직 하나의 깨달음, 오직 하나의 비밀만 있었다. 자신을 내던지기. 신의 의지에 맞서 반항하지 않기. 선이든 악이든 그 어떤 것에도 집착하지 않기. 그러면 인간은 구원되었다. 그러면 인간은 고통에서 자유로워졌다. 오로지 그랬을 때만 두려움에서 벗어났다.

그의 삶이 높은 산에서 내려다본 땅처럼 그의 눈앞에 펼쳐졌다. 숲이 있고 계곡이 있고 마을들이 보이는 땅. 모든 것이 좋았다. 그냥 다 좋았다. 그리고 모든 것은, 그의 두려움과 신의 의지에 맞서는 반항 때문에 고통이 되고 괴로움이 되고 몸서리치는 혼란이 되고 설움과 비참의 경련이 되었다! 그에게는 보지 못하면 단 하루도 살 수 없을 것 같은 여자도 없었고, 도저히 같이 살 수 없을 만큼 괴롭힌 여자도 없었다. 그의 삶과 정반대인 것이 그에게는 가장 아름답고, 가장 갖고 싶고, 가장 큰 행복을 주는 것이었다. 우주에 홀로 매달려 있게 되자마자 사는 것이 축복이었고, 죽는 것이 축복이었다. 외부에서 오는 안식은 없었다. 묘지에도 휴식은 없었고, 신에게도 휴식은 없었으며, 그 어떤 마법도 신의 끊임없는 호흡으로 태어나는 탄생의 고리를 끊을 수 없었다. 그러나 자신의 내면에서 찾을 수 있는 다른 종류의 휴식이 있었다. 그 휴식을 원한다면 몸을 내던져라! 방어하지 마라! 기꺼이 죽어라! 기꺼이 살아라!

그의 삶에 있었던 모든 형상이 그에게 남아 있었다. 그가 사랑했던 모든 사람의 얼굴, 온갖 형태의 고통들……. 그는 두려움에 떨며 수백 번이나 자신의 죽음을 지켜보았다. 단두대에서 죽어가는 자신의 모습을 보았고, 면도칼로 목을 긋거나 관자놀이에 총을 쏘는 기분을 느껴보았다. 그리고 이제 그가 그토록 두려워했던 죽음을 실제로 경험하자, 모든 것이 너무 쉽고 간단하고 기쁨과 환희였다! 세상 그 어떤 것도 두렵지 않았고 어떤 것도 끔찍하지 않았다.

우리는 단지 망상에서 모든 공포와 고통을 만들어낸다. 모든 선과 악, 가치와 무가치, 열망과 공포는 그저 겁에 질린 우리 자신의 마음속에서 생겨난다……

물이 그의 입안으로 흘러들어 갔고, 그는 그것을 들이마셨다. 사방에서 모든 감각을 통해 물이 몸속으로 들어왔고, 모든 것이 저절로 풀렸다. 그는 밑으로 빨려들어 갔다. 그의 아내, 아버지, 어머니, 여동생, 그리고 수천수만의 얼굴들, 집과 다른 장면들이 눈앞에서 엄청난 속도의 소용돌이에 휩쓸려 거부할 수 없는 속력으로 빠르게, 점점 더 빠르게 떠내려갔다. 그리고 엄청난 속도로 떠내려가는 물살을 거스르며 다른 물결이 몰려왔다. 얼굴, 다리, 배, 동물, 꽃, 생각, 살해, 자살, 책, 눈물, 시, 아이의 눈들이 빽빽하게 뭉쳐 있는 물결…… 그리고 그와 비슷하게 생긴 젊은이, 성스러운 열정으로 가득 찬 표정, 그것은 스무 살 때 그였다. 그때의 다부진 청년! 이때 머뭇거릴 시간이 없다는 자각이 든 것은 얼마나 다행스러운 일인가. 노년과 젊음, 바빌론과 베를린, 선과 악, 주는 것과 받는 것 사이에 있고, 차별, 평가, 고통, 싸움, 전쟁으로 세상을 채웠던 유일한 것은 인간 정신이었다. 신에게서 멀리 떨어지고 지식에서 더 멀리 떨어져 있는 혈기왕성한 젊은이의 길들지 않은 잔인한 인간 정신. 인간 정신은 대립되는 것을 발명했고 이름을 지었다. 인간 정신은 어떤 사물을 아름답다고, 어떤 사물을 밉다고, 어떤 사물을 좋다고, 어떤 사물을 나쁘다고 했다. 인간 정신은 삶의 한 토막에 사랑이라는 이름을 붙였고, 또 다른 토막에는 살인이라는 이름을 붙였다. 인간 정신은 그렇게 젊고 돌발적이고 이상했다.

인간 정신이 발명한 것 중 하나가 시간이다. 시간은 참으로 정교하면서도 묘한 발명품이다. 그것은 더욱 깊은 고통을 주고, 세상을 더 힘들고 복잡하게 만든다. 인간은 오직 시간 때문에 자신이 갈망하는 모든 것으로부터 분리된다. 오직 시간 때문에, 이 고약한 발명품 때문에! 자유롭고 싶다면 무엇보다 바로 시간이라는 목발부터 던져버려야 한다.

새로 태어나고 싶은 사람은 죽을 각오가 되어 있어야 한다.

내일 무슨 일이 벌어질지 두려워하면 오늘과 현재를 잃게 되고, 그리하여 현실을 잃어버리게 된다. 오늘에게 시간과 관심을 넉넉히 허락하라! 나는 자살을 죄라고 보지도 않고 비겁하다고 생각하지도 않는다. 내가 생각하기에 자살은 삶을 살아내고 삶의 무게를 벗는 데 도움을 주기 위해 우리 앞에 열려 있는 출구인 것 같다.

오늘날의 문화가 비천하고 우리의 삶을 멋없이 초라하게 만들며 우리의 정신적, 문화적 업적이 지극히 사소하여 차라리 중세시대의 중앙 집중화된 분명하고 단순하고 믿음직스럽고 건강한 생활 질서와 신앙이 훨씬 더 낫고 순수하며 소망할 가치가 있어 보인다는 걸 나는 잘 알고 있다. 그렇지만 그런 판단이 우리에게 도움이 될까? 절대 안 된다. 그것은 그저 말일 뿐이다. 고귀한 척하는 오만한 표현, 즉 죄다. 왜냐하면 우리 각자는 현재의 시간 안에서 각자의 삶을 살고, 우리는 모두 저마다의 과제와 문제에 직면해 있기 때문이다. 우리의 과제와 문제는 비록 일회적이고 또 지나가겠지만 우리에게는 전체 삶과 다름없다. 그것은 일반적이거나 교훈적인 가르침을 주는 게 아니라 각자의 삶과 직결되기 때문이다. 그리고 이 문제들은 '해결되려고' 있는 게 아니다. 그것은 그저 우리에게 주어진 고통이고, 고통은 우리를 힘들게 하려고 존재한다. 고통이 곧 삶이고, 기쁨과 가치는 오직 고통의 과정을 통해서만 체험할 수 있다.

나는 이제 아무 말도 할 수 없다. 모든 일반적인 말은 금세 시시한 잡담이 되어버릴 테니까.

지옥을 향해 가라.
지옥은 얼마든지 극복할 수 있다.

시작이 있으면 최상의 것은 저절로 뒤따라온다.

나는 내 책들을 통해 이따금 젊은 독자들을 혼돈의 출발점으로 데려가곤 했다. 혼돈의 출발점이란 젊은 독자들이 누구의 도움도 받지 않은 채 혼자서 인생의 수수께끼를 대면해야 하는 곳을 뜻한다. 어떤 사람들은 그것만으로 벌써 위험을 느끼고, 어떤 사람들은 다시 돌아가서 새로운 길과 기댈 곳을 찾는다. 극소수의 사람만이 '길 안내자' 없이 혼돈 속으로 과감하게 들어가 우리 시대의 지옥을 의식적으로 경험한다.

내 책들은 독자들을, 그들이 원하기만 한다면, 우리 시대의 이상과 도덕 뒤에서 혼돈을 볼 수 있는 곳으로 데려간다. 내가 계속 그곳으로 그들을 '안내'하려면 나는 거짓 말을 해야만 하리라. 구원과 가능성을 알고 혼돈을 새롭게 정돈하는 것은 오늘날 '학습'할 수 있는 게 아니다. 그것은 개개인이 말로 표현할 수 없는 내면의 경험으로 얻는 것이다.

불가능한 것을 다시 시도하기

마음속으로 깊이 생각하고 몰두하던 문제들을 누군가 마술이라도 부린 것처럼 외부 세계에서 다시 접하게 되는 경험을 누구나 한 번쯤 해봤을 것이다. 마음속으로 집을 지을 계획을 세우거나 이혼 또는 수술의 필요성에 대해 생각하는 사람들은 틀림없이 그런 문제나 그와 비슷한 문제로 고심하는 사람을 주변에서 자주 만나게 된다. 나는 독서를 할 때도 똑같은 경험을 자주 한다. 어떤 인생 문제에 깊이 빠져 있으면 일부러 찾지 않았는데도 바로 그 문제를 다룬 책이 손에 들어오곤 한다.

최근에도 나는 어떤 중요한 문제와 점점 더 심하게 씨름하고 있었다. 그러는 동안 바로 그 문제를 다루는 듯한 책을 잇달아 우연히 여러 권 접했다. 내가 씨름하던 문제는 인간과 문화에 관한 것으로, 과연 인간은 자연의 최대 성과물인지, 인간의 문화라는 것이 모태인 자연에게 씻지 못할 죄를 짓는 것은 아닌지, 그리고 문화라는 것이 위험하고 엄청난 비용이 들며 실패한 실험에 불과한 것은 아닌지에 관한 해묵은 의문이었다.

우리 스스로 잘 알고 있듯이 자연을 해치지 않고는 문명이 있을 수 없다. 문명화된 인간이 지구 전체를 점차 시멘트와 철근으로 구성된 지루하기 짝이 없고 생기 없는 모습으로 바꾸어놓기 때문이다. 선하고 이상적인 처음의 의도는 어쩔 수 없이 폭력과 전쟁, 고통으로 이어지고 있다. 보통 사람은 천재의 도움이 없으면 삶을 유지해나갈 수 없을 테지만, 그런데도 천재를 배척하는 악의적인 적은 있기 마련이고 언제나 있을 수밖에 없다. 그리고 이 모든 것을 숙명적 불가피성이라 부른다.

이런 생각에 골몰해 있을 즈음, 나는 서글픈 기분이 들게 하는 묘한 책을 한 권 받아들었다. 톨스토이의 딸이 엮은 책인데 카시러 출판사의 필뢰프 밀러가 독일어로 번역해 출간했다. 그 책에는 톨스토이의 도피와 종말에 대한 기록들이 담겨 있었다. 위대한 인물의 은밀한 사생활을 알게 되는 것은 그리 기분 좋은 일이 아니다. 톨스토이(그가 누구던가. 그는 팸플릿 문구나 쓰는 도덕주의자가 아니라 위대한 시인이었다.)가 노년에 정신 발작과 불행한 결혼생활, 그리고 의심 때문에 참담하기 그지없는 삶을 그럭저럭 20년이나 보낸 뒤에야 결국 절망에 빠진 채 삶으로부터 도피해 자살이나 다름없는 죽음을 맞이하는 모습을 보는 것은 어쩐지 소름 끼치는 일이다. 그는 파멸에 이를 수밖에 없는 천재였고, 용감하고 부지런한 그의 아내는 이상적이고 부르주아적인 배우자로서 건강하고 합리적이고 타당한 모든 것의 대변자였다. 비록 그녀 역시 심각한 정신 질환을 앓지만 결국에는 어리석은 남편을 이기고 살아남는다. 오랜 비극 같다…….

그렇게 이런저런 책을 읽으면서 자기 자신과 싸우고 영원한 수수께끼 같은 문제들을 헤쳐 나간다. 그런 문제들은 결코 해결할 수 없다. 그저 체험하고 헤쳐 나갈 뿐이다. 그리고 삶은 결국 불가능해 보이는 일을 다시 시도하고 희망이 없어 보이는 것을 새로운 욕구와 열의로 추진해볼 수 있는 곳으로 우리를 끊임없이 되돌려놓는다. 정말 아무 희망도 없이 되풀이되는 듯한 오랜 비극에서도 사색하는 사람들에게 늘 위안이 되는 사실이 하나 있다. 시간적인 모든 일은 극복할 수 있고, 시간은 환상에 불과하다는 사실이다. 또한 삶의 상태와 이상, 인생의 구간은 반드시 틀에

박힌 대로 차례차례 진행되어 인과 관계를 맺는 것이 아니라 시간을 초월하여 영원히 존재하기도 한다. 그래서 하느님의 나라 또는 아득히 먼 미래에 투영된 인간의 이상향이 매 순간 경험되고 현실이 될 수 있다.

언제나 새롭게

얼굴에서 가면이 벗겨지고 이상이 무너질 때마다, 지금 내가 다시 견뎌내야 하는 것처럼 끔찍한 공허감과 정적, 무서운 위축, 곁에 아무도 없는 듯한 외로움, 텅 빈 황량함, 절망감이 몰려왔다.

살면서 그런 고통을 겪을 때마다 나는 결국 뭔가를 얻었다. 그것은 자유와 정신과 심오함이었지만 또한 외로움과 몰이해와 아픔도 있었음을 부정할 수 없다. 소시민적인 측면에서 보면, 나의 삶은 그런 고통을 겪을 때마다 정상적이고 바람직하며 건강한 것으로부터 점점 멀어지는 끊임없는 추락이었다.

나는 오랫동안 직업도 가족도 고향도 사회적인 친분도 없이, 누구의 사랑도 받지 못한 채 혼자서 통속적인 견해나 도덕과 심한 갈등을 겪으며 살았다. 물론 나는 여전히 소시민의 틀 속에서 살았지만, 그런데도 이 세계 속에서 나의 감정과 사고는 낯선 이방인이었다. 종교, 조국, 가족, 국가는 의미를 잃었고, 학문의 중요함은 나와 전혀 상관없는 일이 되었고, 예술은 역겨웠다. 한때 나를 재능 있는 멋진 사람으로 빛나게 해주었던 내 생각과 관점과 취향은 터무니없고 거칠다는 의심을 받았다.

그동안 고통스러운 변화를 겪으면서 눈에 보이지 않고 무게를 가늠할 수 없는 어떤 것을 얻었는지 모르지만, 그것을 얻기 위해 나는 값을 톡톡히 치러야 했다. 내 삶은 때때로 점점 더 가혹하고 힘들고 외롭고 위험해졌다. 나는 정말이지 니체의 가을 노래[《디오니소스 찬가》에 나오는 시 〈가을〉]에 나오는 연기처럼, 공기가 점점 희박해지는 곳으로 나를 안내하는 길을 꾸준히 걷고 싶은 생각이 추호도 없었다.

누가 가장 근심스럽고 가장 까다로운 운명을 갖게 될지 결정하는 이런 경험과 변화를 나는 누구보다 잘 안다. 어쩌면 너무 잘 안다. 야망은 크지만 실패만 거듭하는 사냥꾼이 사냥 과정을 아는 것처럼, 노회한 투기꾼이 투자, 이익, 위기, 동요, 파산의 과정을 아는 것처럼 나는 그런 경험과 변화를 아주 잘 안다. 내가 이제 이 모든 것을 정말 다시 한 번 겪어야만 한단 말인가? 모든 괴로움, 미친 위기, 자아의 저급함과 무가치함을 직면해야 하는 순간, 실패에 대한 끔찍한 공포, 죽음에 대한 두려움을 또 겪어야 한단 말인가? 그냥 도망치는 것보다 그런 무수한 고통의 반복을 막는 것이 더 지혜롭고 간단한 일이 아니었을까? 틀림없이 그편이 더 간단하고 지혜로웠다……. 가스나 면도칼이나 권총의 도움으로, 그동안 몸서리칠 만큼 고통스럽게 체험했던 일들이 더는 반복되지 않기를 바라는 나의 소망을 아무도 막을 수 없었으리라. 이 세상의 어떤 권력도, 사탄조차도 죽음의 공포를 다시 맞닥뜨리고 다시 환생하여 새롭게 시작하라고 요구할 수 없었으리라. 환생의 목표와 끝은 평화와 안식이 아니라 언제나 새로운 자기 파괴와 새로운 자기 형성이다! 자살이 어리석고 비겁하며 초라한 짓일 수 있고, 명예롭지 못하고 부끄러운 비상 탈출로 보일 수도 있지만 모두가 이런 고통의 굴레에서 벗어나기를 소망하고 가장 경멸할 만한 탈출구를 마음속으로 빌 수 있으리라. 여기에는 허영과 영웅주의적인 연극이 더는 없다. 나는 잠깐의 작은 고통과 표현할 수 없게 아프고 쓰린 끝없는 고통 사이에 놓인 간단한 선택 앞에 놓여 있다.

선택의 날이 일 년 뒤든 한 달 뒤든 또는 당장 내일이든 문은 언제나 열려 있다.

　오늘날 편지를 많이 받고 많은 사람을 상대하는 사람은 도저히 외면하기 어려운 딱한 사정과 간곡한 애원, 수줍은 부탁에서부터 절망적인 거친 토로까지 온갖 고통의 폭풍을 맞게 된다. 우편배달부가 내게 배달한 단 하루치의 불평불만, 억울한 마음, 빈곤과 허기, 타향살이의 외로움을 마음에 담아둬야 했다면, 나는 이미 오래전에 삶을 마감했을 것이다. 그리고 종종 사무적이고 구체적인 알림을 읽을 때조차 어떤 것에 동감하고 어떤 것을 진심으로 받아들일지 정하지 못해 무척이나 힘들었다. 나는 지난 몇 해 동안 큰 위기가 닥칠 경우를 대비해 나의 감정과 이해를 비축해둬야 했다. 그래야 정말 힘들 때 위로와 조언 또는 물질적 도움으로 최소한 어느 정도라도 고통을 경감시킬 수 있을 테니 말이다.

　정신적이거나 도덕적인 지지를 호소했던 편지 가운데 특정 범주가 하나 있는데, 정말 힘들었던 시기에 나 역시 그런 경험을 했다. 중년 또는 노년에 이제까지 한 번도 가져보지 못했고 자신의 성격과도 맞지 않는 생각이 자꾸 든다고 토로하는 편지들이 있었다. 물론 마음이 여리고 감성적이며 예술가적 기질을 가진 젊은이들이 보낸 편지들은 언제나 그런 생각과 감정으로 가득 차 있다. 그들은 내가 잘 아는 친구나 지인에 속하는데, 때때로 나는 자살하겠다고 위협하거나 자살을 옹호하는 듯한 이런 편지에 아주 명확하게 심지어 대단히 냉철한 답장을 보냈다. 삶에 지친 사람들에게 나는 대략 다음과 같은 내용으로 답장을 보냈다.

"나는 자살에 대해 도덕적 판결을 내리진 않지만 실제로 단행된 자살에 대해서는 다른 종류의 죽음 못지않게 존중한다는 입장입니다. 그러나 삶에 염증을 느끼고 급기야 자살로 생을 마감하겠다는 생각이 진심에서 우러나오는 것이 아니라 다른 사람으로부터 동정을 받으려는 알량한 의도에서 나왔다면, 그런 사람하고는 진지한 대화를 나누고 싶지 않습니다."

그런데 지금껏 삶에 만족하며 성실하게 살아온 사람들조차, 자주는 아니지만 때때로 내게 자살에 관해 묻는 편지를 보내왔다. 사는 게 점점 힘들고 감당하기 어려워 삶의 의미, 기쁨, 아름다움, 존엄성을 다 잃어버렸다는 그들의 편지를 받았을 때 나는 내게 전달된 그들의 절박함을 인정하고 아주 진지한 답장을 보냈다.

그런 질문을 받았을 때 내가 주었던 대답을 약간 기록해두었다. 50세가 넘은 어떤 사람이 지금까지 책임감 있게 성실히 살아오면서 단 한 번도 자살을 생각해본 적이 없었는데, 이제는 힘겹고 무의미하며 존엄성도 잃어버린 삶의 유일한 탈출구로 자살을 생각할 수밖에 없다면서 자살에 대한 내 생각을 물었다.

나는 그에게 다음과 같이 답했다.

"열다섯 살 때, 수업시간에 선생님으로부터 자살은 인간의 행위 중에서 도덕적으로 가장 비겁한 행동이라는 말을 듣고 큰 충격을 받았습니다. 당시에 나는 어느 정도 용기가 있고 고통을 감수할 소신이 있어야 자살을 감행할 수 있다고 생각했고, 자살한 사람에 대해 무서우면서도 여러 가지 감정이 복합된 존경의 마음을 갖고 있었습니다. 그렇기 때문에 나는 선생님의 말씀에 적잖이 당황했습니다. 나는 선생님의 말씀에 아무런 반박도 못 한 채 그냥 멍하니 서 있었습니다. 그 순간만큼은 선생님이 세상의 모든 논리와 도덕을 섭렵한 사람처럼 보였기 때문입니다.

그렇지만 그런 놀라움은 얼마 못 갔고, 나는 자살에 대한 원래의 생각과 감정으로 돌아왔습니다. 그래서 자살한 사람에 대한 존경심이 다시 생겼고 공감할 수 있었으며, 비록 음울한 방식이긴 해도 뭔가 큰일을 해낸 사람이라고 생각했습니다. 당시 선생님의 상상력으로는 이해할 수 없는 인간적 고통이 실천된 사례이자 내가 좋아하는 용기와 소신의 모범이라고도 생각했습니다. 게다가 내가 알고 있는 사람들 가운데 자살을 시도한 사람들은 비록 문제가 많긴 했지만 확실히 보통 이상의 사람들이었습니다. 머리에 방아쇠를 당길 용기뿐 아니라 선생님과 도덕을 냉소적으로 비웃을 수 있는 소신이 나는 한없이 부러웠습니다.

만약 자연과 교육과 운명의 원칙에 따라 자살을 절대적 금기사항으로 묶어놓는다면 때때로 인간의 상상력이 자살을 탈출구로 제시하며 유혹하더라도 그것이 단행되는 일은 절대 없을 것입니다. 자살은 그냥 금기사항으로 머물 것입니다. 하지만 그렇지 않고, 그래서 어떤 사람이 견디기 힘든 삶을 끝내기로 결심한다면, 다른 사람들이 자연적인 죽음을 맞을 권리가 있는 것과 마찬가지로 그에게는 스스로 죽음을 맞을 권리가 있다고 생각합니다. 자살한 사람들의 죽음을 보면서 나는 그들의 죽음이 다른 죽음 못지않게 지극히 자연스럽고 의미 있다고 느꼈습니다!"

　절망이란, 인간의 삶을 이해하고 정당화하려는 진지한 노력의 결과이다. 절망이란, 덕을 쌓고 정의롭고 이성적으로 살아가며 주어진 책임을 완수하려는 온갖 진지한 노력의 결과이다. 절망의 이편에는 아이들이 있고, 절망의 저편에는 깨달은 자들이 있다.

　나는 절망이 은총으로 바뀌고 삶의 껍데기를 깰 때 새로운 변화가 일어나는 것을 자주 체험했다. 사람들이 나를 정신분석학자라고 부르니, 그런 체험을 다음과 같이 정의하고자 한다.

　"문화와 정신, 그리고 그것의 요구들을 진지하게 받아들이고 그에 맞게 살고자 노력하면 반드시 절망이 따르게 되어 있다!"

　절망에서 벗어나려면 우리가 자신의 주관적인 체험이나 상황을 지나치게 객관화했다는 사실을 인식해야 한다. 그러면 우리는 정신분석학자가 꿈을 해석할 때처럼 날카로운 눈으로 우리 자신과 삶을 볼 수 있게 된다. 정신분석학자는 꿈의 '명백한' 내용을 심리학적으로 해석한다. 그리하여 그는 확정된 것처럼 보이는 대상들, 그리고 질병과 건강, 고통과 기쁨처럼 딱딱해 보이는 개념들을 자유롭게 다룰 줄 안다.

이런 식의 구원 체험이 새로운 절망을 막지는 못한다. 하지만 그런 체험을 통해 절망을 견딜 수 있다는 믿음이 강해진다. 어차피 인간은 점점 '건강해질 수 없고' 고통에서 자유로울 수도 없다.(나 역시 고통 없는 날이 거의 없다.) 그렇지만 우리는 미래에 호기심을 갖기 시작하고 운명을 사랑하게 된다.

다시 밝은 빛을 보려면 고난과 절망을 뚫고 나아가야 한다.

피리

피아노와 바이올린, 내가 진실로 소중히 여기는 것들
하지만 나는 그런 악기를 거의 못 다룬다
지금까지 너무 정신없이 살다보니
겨우 피리를 배울 시간만 낼 수 있었다

아직은 피리의 대가라고 자칭할 수 없지만
예술은 길고 인생은 짧다 하지 않았던가
나는 피리를 불 줄 모르는 사람을 보면 애석하기 그지없다
피리는 내게 참으로 많은 것을 주었다

그래서 나는 오래전부터 마음속으로 다짐했다
피리 기술을 한 단계 한 단계 발전시키기로
그리고 마침내 나, 여러분, 세상 모든 사람에게

멋진 피리 연주를 들려주는 날이 오기를 고대하면서

어떤 사람들은 단지 관념이나 문학적 염세주의가 아니라 몸으로 실질적으로 삶 전체를 고통과 고난으로 느끼는 운명을 가졌다. 유감스럽게 나도 그 무리에 속한다. 이 무리에 속하는 사람들은 쾌락보다 고통을 느끼는 데 더 재능이 있다. 숨쉬기, 잠자기, 먹기, 소화하기 같은 기본적이고 본능적인 행위는 그들에게 기쁨보다 고통과 번거로움을 준다. 그러나 그들 역시 자연의 순리를 따르고 삶을 긍정하며 자포자기 없이 고통을 이겨내고 싶은 욕구를 내적으로 느낀다. 그렇기 때문에 그들은 조금이라도 기쁘고 유쾌하고 행복해지고 마음이 따뜻해질 수 있는 일이라면 무엇이든 반드시 얻으려 한다. 평범하고 건강하고 정상적이고 성실한 사람이 되기 위해 그들은 필요하지만 가지지 못한 이런 것들에 대단한 가치를 둔다.

자연은 이런 사람들의 인생행로에 최고로 멋지고 미묘하며 거의 모든 사람이 어느 정도 경외심을 갖는 선물을 놓아두었다. 바로 유머이다. 고통스러워하는 사람들, 감상적인 사람들, 별로 영리하지 못한 사람들, 즐거움을 찾는 사람들, 위로가 필요한 사람들의 내면에 유머라 불리는 것이 때때로 생겨난다. 그것은 지속적인 깊은 고통 속에서만 자라는 수정과 같은 것인데, 어쨌든 꽤 괜찮은 인류의 생산물에 속한다. 고통을 겪는 사람들이 힘겨운 삶을 어떻게든 견뎌내고 더 나아가 긍정하기 위해 만들어낸 유머가 희한하게도 다른 사람들, 즉 고통을 겪지 않는 건강한 사람들에게 정반대로 제어할 수 없는 폭소와 유쾌함을 만들어내는 것 같다. 건강한 사람들은 유머를 들으면서 허벅지를 마구 때리고 손뼉을 치며 큰 소리로 웃어댄다. 그리고 상당히 인기 있고 큰 성공을 거둔 코미디언이 어이없게 우울증을 앓다 결국 물에 빠져 죽었다는 기사를 때때로 읽게 되면, 그들은 매번 충격을 받고 기만당한 기분이 든다.

항상 자신들이 원하는 것을 쓴다고는 하지만 코미디언들이 내세우는 제목과 주제는 모두 허울에 불과하다. 사실상 그들의 주제는 예외 없이 단 하나뿐이다. 기이한 슬픔과 더러운(이런 표현을 써도 될지 모르지만) 인간사, 삶이 그토록 비참하지만 그런데도 아주 근사하고 소중할 수 있다는 감탄.

무위의 기술

　　　　　정신노동이 전통도 멋도 없는 거친 공업을 닮아가고, 학문과 학교가 우리에게서 자유와 개성을 모조리 없애고, 가능한 한 빨리 유아기에서 벗어나 억지로 노력하고 쉴 새 없이 달리라고 가르칠수록, 대부분의 옛날 기술과 마찬가지로 적당히 게으름을 피우는 무위의 기술도 점점 더 아득히 사라져간다. 한때 우리는 그런 기술의 대가였는데 마치 그랬던 적이 애초에 없었던 것처럼! 여유와 무위의 기술은 이제 이곳 서양 세계에서는 그저 팔자 좋은 게으름뱅이들이나 누리는 것이 되어버렸다.

　더욱 놀라운 것은, 오늘날 많은 사람이 동양 세계를 동경의 눈빛으로 쳐다보고, 시리아와 바그다드에서 약간의 즐거움이라도 맛보려 애쓰고, 인도에서 얼마간의 문화와 전통을 배우고 싶어하고, 부처의 성지에서 진지함과 몰입을 체험하려 공을 들이면서도, 가까운 리히텐슈타인에 가서 그곳의 서늘한 궁전에서 동양의 이야기책을 읽을 때 느끼는 마법을 조금이나마 체험하려는 노력은 거의 하지 않는다는 점이다.

도대체 왜 그렇게 많은 사람들이 《천일야화》나 터키의 전래동화 또는 《슈카사프타티(앵무새의 70가지 이야기)》나 《데카메론》과 유사한 구하기 힘든 동양의 이야기책을 읽으면서 묘한 기쁨과 해방감을 맛보는 것일까? 파울 에른스트 같은 섬세하고 독창적인 시인이 어째서 자신의 작품 《동양의 공주》에서 동양의 오랜 형식을 자꾸 따라가려 했을까? 왜 오스카 와일드는 심혈을 기울여 만들어낸 상상의 세계를 자꾸만 그곳과 연결하려 했을까? 솔직히 말해 몇몇 동양학자의 견해를 제외한다면 두꺼운 《천일야화》가 내용 면에서 그림 형제 동화나 중세 기독교의 신화에 못 미치는 게 사실이다. 그런데도 우리는 동양의 이야기를 즐겨 읽고, 이야기가 서로 비슷비슷하기 때문에 금세 잊어버리고 다시 똑같은 즐거움을 맛보며 책장을 넘긴다.

왜 그럴까? 사람들은 흔히 동양의 훌륭한 이야기 기술 덕분이라고 말한다. 그러나 이것은 우리의 미학적 판단력을 과대평가한 대답이다. 서양 문학의 탁월한 이야기 기술을 높이 평가하는 일이 지극히 드문 마당에 왜 유독 동양의 이야기 기술만 추앙한단 말인가. 훌륭한 작품을 읽는 기쁨 덕분이라고 말할 수도 없다. 솔직히 우리는 그런 것에 별로 관심이 없다. 우리가 동양의 이야기들을 즐겨 읽는 까닭은 우리가 책을 읽으면서 줄거리 말고도 심리적이고 감성적인 자극을 추구하는 데 있다.

마법의 사슬로 우리를 옭아매는 동양 예술의 배경에는 바로 동양적인 느림의 미학이 있다. 말하자면 예술로 승화된 여유가 있다. 아라비아의 이야기꾼들은 가장 긴장되는 부분에서 일부러 시간을 끌며, 궁전의 화려한 장식, 보석을 달아 예쁘게 꾸민 말안장, 수도승의 덕망, 진정한 현인의 완벽함을 세세한 부분까지 자세하게 묘사한다. 그들은 왕자나 공주가 결정적인 말 한마디를 하기 전에 입술의 빛깔이나 움직임에 대해 말하고, 새하얀 치아의 아름다운 모습, 이글이글 타오르는 강렬한 눈빛 또는 수줍게 아래를 보는 겸손한 눈빛, 섬섬옥수 부드러운 동작, 발그레한 손톱과 가녀린 손가락, 거기에 끼워진 반짝이는 보석 반지를 묘사한다. 이야기를 듣는 사람은 절대 이야기꾼의 이야기를 중간에 끊지 않는다. 그들은 조바심을 내거나 줄거리만 빨리빨리 읽어내려는 현대 독자들의 성급한 태도를 보이지 않는다. 그들은 사랑에 감격하는 젊은이의 기쁨이나 사랑을 잃은 구애자의 자살을 열심히 귀담아듣고, 똑같은 열의와 호기심으로 늙은 은둔자의 성품에 귀를 기울인다.

우리는 책을 읽으면서 한없는 부러움을 느낀다. 그들에게는 시간적 여유가 많아 보이기 때문이다. 그들은 아름다운 사람의 미모나 나쁜 사람의 비굴함에 대해 생각하기 위해 기꺼이 하루 밤과 낮을 보낼 마음의 준비가 되어 있는 것처럼 보인다. 이야기를 듣는 사람들은 자정 무렵에 이야기를 절반 정도 들었다면 내일도 다른 하루가 있다는 것에 감사하며 알라신께 기도를 드리고 조용히 잠자리에 든다.

그들은 시간의 백만장자이다. 그들은 깊이를 알 수 없는 우물에서 물을 길어 올리듯 시간을 길어 올려 한 시간, 하루, 일주일의 시간을 그냥 허비해도 크게 개의치 않는 것 같다. 그렇게 밑도 끝도 없고 서로 얽힌 이상한 이야기들을 읽으면서 우리 자신도 어느새 인내심이 생기고, 내심 이야기가 끝나지 않기를 바라는 것을 느낄 수 있다. 휴식의 신이 마법의 지팡이로 우리를 치유해주는 큰 마법에 걸려들었기 때문이다.

많은 이들이 지친 몸으로 인류와 문화의 요람으로 순례를 떠나 위대한 공자나 노자의 가르침 앞에 무릎을 꿇고 머리를 조아리는 것은 신성한 무위에 대한 간절한 그리움 때문이다. 산꼭대기에 앉아 구름의 움직임을 관찰하고, 끊임없이 뜨고 지는 달과 해의 조용한 흐름을 감지하며, 자신의 영혼에 귀를 기울이는 사람에게 걱정을 잊게 해준다는 디오니소스의 묘약이나 달콤한 잠에 취하게 해준다는 해시시가 무슨 의미가 있겠는가? 가련하게도 우리 서양에서는 시간이 아주 작은 단위로 쪼개졌고, 그 하나하나가 돈의 가치를 지니게 되었다. 그러나 동양에서는 아직 시간이 쪼개지지 않은 채 도도한 물결이 되어 세상의 갈증을 해소해주고, 바다의 소금이나 밤하늘의 별빛처럼 영원히 고갈되지 않은 채 흐르고 있다.

인간성을 짓밟아버리는 이 시대의 공업과 과학에 어떤 조언을 해줄 생각은 추호도 없다. 공업과 과학이 인간성을 원치 않는다면 굳이 그것을 가져야 할 필요는 없다. 그러나 문화가 파산에 이른 섬에서 겨우 입에 풀칠하며 목숨을 연명해가려는 우리 예술가들은 예나 지금이나 다른 규칙을 따라야만 한다. 우리에게 인간성은 사치가 아니다. 존재를 위한 필수조건이고 살기 위한 공기이며 절대 빼놓을 수 없는 자산이다. 여기에서 말하는 예술가란 스스로 살아가며 성장한다고 느끼고, 자기가 쓰는 힘의 근원을 알며,

내재된 고유한 법칙에 따라 그 근원 위에 자신을 세우고자 하고 세워야만 하는 사람을 말한다. 그들은 저급한 행동이나 표현을 하지 않는다. 그런 것들은 어차피 잘 지은 건축물의 천장과 벽, 지붕과 기둥처럼 명확하고 의미 있는 관계에 아무런 영향을 미치지 못한다.

그러나 예술가들은 옛날부터 때때로 무위도식하는 생활을 할 필요를 느낀다. 새로 깨달은 것을 정확하게 해석하거나 무의식적으로 진행되는 것을 숙성시키기 위해서이기도 하고, 전망이 불투명한 상황에서 다시 자연에 가까이 다가가 어린아이가 되고, 자신을 땅의 벗이요 형제라고 느끼며 식물과 바위와 구름을 느껴보기 위해서이기도 하다.

그림을 그리는 사람이든 글을 쓰는 사람이든, 또는 집을 짓거나 시를 쓰든 간에 일하는 것 자체를 즐기고 싶어하는 사람이라면 누구나 일정한 시간의 휴식을 꼭 필요로 한다. 화가가 빈 도화지 앞에 섰는데 그림을 그릴 내면의 준비가 덜 되었으면, 그는 이것저것 그려보고, 절망하고, 온갖 기교를 부려보고, 결국에는 벌컥 화를 내며 쓸모없는 인간이라고 자신을 욕하고 화가가 된 것을 후회하다 급기야 작업실 문을 닫아버린다. 그리고 유유자적하며 편안하게 일하는 것처럼 보이는 거리의 청소부를 부러워한다. 시인은 기획했던 시상이 난관에 부딪히면 처음에 느꼈던 강렬한 감정을 그리워하며 지금까지 써놓은 단어나 문장을 모조리 지워버리고 처음부터 새로 쓰기도 한다. 그리고 그것마저 불구덩이에 집어넣고는 한때 명료하게 떠오르던 시상이 아득하게 멀어져가는 걸 느끼고, 자신의 열정과 감정이 갑자기 자질구레하고 참되지 않으며 순전히 우연이었다고 자책하며 펜을 내팽개치고 밖으로 나가버린다. 그리고 자신과 비슷한 고통을 겪은 화가처럼 거리의 청소부를 부러워한다. 다른 예술가도 이와 비슷하다.

예술가 대부분이 인생의 3분의 1 또는 절반을 그런 식으로 흘려보낸다. 극히 소수의 예외적인 몇몇 예술가만 공백기 없이 꾸준히 작품 활동을 한다. 일반인은 예술가의 텅 비어 보이는 휴식기를 비웃거나 동정한다. 그들은 창작의 단 한 시간 안에 얼마나 막대한 수천 가지 작업이 포함되는지 이해하지 못한다. 그들은 작업을 시작한 화가가 그냥 계속해서 못 그리는 이유를 이해하지 못한다. 연달아 쓱쓱 붓질하여 그림을 완성하지 못하고 며칠 몇 주씩 작업실에 틀어박혀 생각에 잠기는 이유를 모른다.

예술가는 이런 휴식기에 직면하면 자신에게 놀라고 실

망하고 자괴감에 빠져 괴로워하다가 내재된 고유한 법칙을 따를 수밖에 없다는 것과 자신을 마비시킨 것이 다행스럽게도 피로보다는 오히려 과욕이었음을 깨닫는다. 할 수만 있다면 바로 오늘 당장 멋지게 표현하고 싶은 무언가가 그의 내면에서 꿈틀댄다. 그러나 그것은 아직 덜 익고 아직 수수께끼로 남아 유일한 가장 아름다운 해결책을 열심히 모색한다. 그러나 기다리는 것 말고 달리 뾰족한 수가 없다.

이런 기다림의 시간에 할 수 있는 일은 수백 가지나 된다. 유명한 작가의 작품을 보면서 공부하는 것도 좋은 방법이다. 그렇지만 살에 박힌 가시처럼 괴롭히는, 해결되지 않은 문제를 안고 있는 극작가라면 셰익스피어의 작품을 읽는 것이 오히려 괴로움이 될 수 있다. 마찬가지로 그림을 그리다 막막해진 화가라면 티치아노의 그림에서 아무런 위안도 얻지 못할 것이다. '사색하는 예술가'를 이상으로 삼는, 주로 젊은 예술가들은 작업이 잘 안 될 때 그 시간을 사색에 사용하는데, 그들은 목적이나 유용성을 따지지 않고 공상하거나 냉소적으로 관찰하고 망상에 사로잡히는 것이 가장 좋다고 주장한다.

최근에 예술가들 사이에 유행하는 술과의 신성한 전쟁

에 아직 동참하지 않은 몇몇 예술가들은 좋은 술을 찾아 나선다. 나는 그들에게 깊이 공감하는데, 마음에 위로와 평온을 주고 기분을 부드럽게 해주며 꿈을 꾸게 만드는 포도주가 술을 적대시하는 최근의 주장들보다 훨씬 멋지고 근사해 보이기 때문이다. 그렇지만 포도주가 모두에게 묘약은 아니다. 술을 우아하고 지혜롭게 즐기며 그 달콤하고 부드러운 언어를 이해하기 위해서는 다른 예술 분야와 마찬가지로 천부적 재능을 타고나야 하고 그에 합당한 교육도 받아야 한다. 그리고 좋은 전통과 미덕을 따르지 않으면 완벽함에 도달하는 경우는 극히 드물다. 선택받은 사람일지라도 비생산적인 기간을 통과하는 동안에는, 흔히들 말하듯 신에게 봉헌할 동전 한 푼조차 주머니에 없게 된다.

그렇다면 예술가는 갑자기 찾아온 의욕 상실과 사기를 떨어뜨리는 괴로운 공허함이라는 두 가지 위험 요소 사이에서 어떻게 해야 몸과 정신을 온전히 보존하며 그 위기를 벗어날 수 있을까?

사교 모임, 스포츠, 여행 등은 모두 그런 상황에 도움이 못 되는 시간 허비에 불과하다. 이런 활동들은 그럴 만한 재정적 여유가 있는 사람들이나 고려 대상이 될 수 있는

데, 예술가의 야망만으로는 이런 활동에 필요한 돈을 지불할 수 없다.

동료 예술가들 역시 이런 힘든 시기에는 서로에게 아무 도움이 못 된다. 해결되지 않는 고민에 고통스러워하는 시인이 화가를 찾아가거나 화가가 음악가를 찾아가 마음의 평온을 얻는 경우는 드물다. 예술가는 지극히 창조적인 시기에만 예술을 온전히 깊이 누릴 수 있기 때문이다. 괴로움을 겪는 동안에는 모든 예술이 시시하고 빈약해 보이거나 과도한 부담을 안겨주는 것처럼 느껴질 것이다. 갑자기 낙담과 무기력증에 빠졌을 때 한 시간 동안 베토벤을 듣는 것은 마음을 치유하기는커녕 오히려 더 울적하게 만들 것이다.

바로 이런 시점에 나는 오랜 전통으로 확고하게 자리를 굳힌, 잘 알려진 무위의 기술을 갈망한다. 게르만 민족의 정서를 타고난 나는 이럴 때 부러움과 동경의 눈빛으로 동양 세계를 바라본다. 겉으로 보기에 아무 형태도 없고 식물처럼 아무것도 하지 않는 무위에 우아한 리듬을 부여하는 오랜 전통을 가진, 어머니 같은 아시아로 눈길을 돌린다.

정말 떳떳하게 밝히건대 나는 예술가가 겪는 이런 고

뇌를 해결하기 위해 많은 시간을 투자해 많은 것을 실험해보았다. 그 과정에서 얻은 경험들은 나중에 좀 더 특별한 지면을 마련해 따로 기록해둘 생각이다. 그러나 여기에 한 가지만은 명확히 밝혀두고 싶다. 나는 아무것도 못하는 고뇌의 시기에 아무것도 하지 않는 무위의 기술로 많은 도움을 받았다. 독자들 가운데 일부 예술가들이 의도적인 게으름 기술을 받아들이는 대신 실망하여 협잡꾼에게 등을 돌리듯 책을 덮어버리지 않도록, 이 기술의 사원에서 내가 했던 초기 실습 기간의 경험들을 이 자리에 간략히 정리해둔다.

1. 어느 날 나는 특별한 생각 없이 독일어로 완역된《천일야화》와《사지드 바탈의 여행》을 도서관에서 빌려와 책장을 넘겼다. 처음 얼마간 책 읽는 재미에 푹 빠졌지만 반납할 시간이 다 되었을 즈음에는 두 권 다 재미없다는 생각을 했다.

2. 이런 실패의 원인을 곰곰이 생각해보다가 그런 종류의 책은 눕거나 바닥에 앉아 읽어야 한다는 걸 깨닫게 되었다. 반듯하게 앉아 책을 읽을 수밖에 없는 서양 의자는 이런 책의 묘미를 모두 빼앗아버리는 것이다. 생각이 여

기에 이르자마자 나는 눕거나 바닥에 주저앉았을 때 공간과 사물이 완전히 달리 보일 수 있다는 것을 처음으로 깨달았다.

3. 또한 나는 직접 읽지 않고 다른 사람이 읽어주면(당연히 그 사람도 눕거나 바닥에 앉아 읽어줘야 한다.) 동양적인 분위기의 효과가 더 강해지는 걸 발견했다.

4. 마침내 합당한 방식으로 진행된 독서는 내게 체념에 젖은 방관자의 감정을 갖게 했고, 그것은 얼마 후 독서 없이도 몇 시간씩 아무것도 안 하고 가만히 앉아 있을 수 있게 해주었고, 아주 사소해 보이는 사물에 관심을 갖게 했다. 예를 들면 모기의 비행 규칙, 햇빛을 받은 먼지 알갱이들의 리듬, 햇빛의 멜로디 등등이다. 그런 것들을 보고 있노라면 주변에서 벌어지는 다양한 일들에 감탄하게 되고 마음에 안정을 되찾으며 나 자신을 완전히 잊어버릴 수 있는데, 그렇게 함으로써 치유의 기초가 마련되고 아무것도 하지 않는 무위가 절대 지루하지 않다는 것을 알게 된다.

이것이 시작이었다. 의식적인 생활을 버리고, 예술가들에게 꼭 필요하지만 도달하기 쉽지 않은 자기 망각의 시간에 빠지기 위해 다른 사람들은 다른 방법을 선택할 수 있으리라. 다만 내가 소개한 방법이 이미 서양에도 존재하는 무위의 대가들에게 잠시 관심을 두게 하는 계기가 된다면 더할 나위 없이 좋겠다.

작은 기쁨

우리는 시간을 돈으로 보고 매사에 서두른다. 그러나 그것은 의심할 여지 없이 기쁨의 가장 큰 적이다. 우리는 선인들의 목가시(牧歌詩)나 감성적인 여행기를 읽으며 부러움의 미소를 짓는다. 우리의 조상들은 과연 바쁠 때가 있긴 했을까? 나는 프리드리히 슐레겔이 쓴 게으름에 관한 시선집을 읽은 적이 있는데, 그때 이런 생각이 자꾸 머릿속에 떠올라 지우기 어려웠다. "슐레겔, 당신이 지금 우리처럼 일해야 했다면 당신은 얼마나 괴로워하며 긴 한숨을 내쉬었겠는가!"

현대인의 분주함이 아주 어렸을 때부터 이미 우리의 삶에 나쁜 영향을 끼치는 것은 정말이지 안타까운 일이지만 어쩔 수 없는 일이기도 하다. 하지만 정말 안타까운 것은 그런 분주함과 조바심이 그나마 얼마 되지 않는 휴식시간에도 영향을 미친다는 점이다. 우리는 휴식조차 조바심을 내며 바쁘게 즐긴다. 일할 때와 거의 똑같이. '가능한 한 많이, 가능한 한 빠르게'가 우리의 목표가 되어버렸다. 그 결과 쾌락은 더 많아졌지만 기쁨은 오히려 줄어들었다. 대도시에서 열리는 축제에 참가하거나 놀이공원에 다녀온 사람의 머릿속에는 붉게 상기된 찌푸린 얼굴과 초점 잃은 멍한 눈만 아프고 불쾌하게 남는다. 그렇게 병적으로, 영원히 만족하지 못하면서 과도한 방법으로 즐기려는 태도는 연극이나 오페라, 연주회나 그림 전시회에서도 자주 나타난다. 현대예술 전시회 관람이 유쾌한 경험이 되는 경우는 아주 드문 일이 되었다.

부자들이라고 다르지 않다. 언뜻 생각하기에 그들은 그렇게 살지 않아도 될 것 같지만 실상 그렇지 않다. 최고의 자리를 고수하려면 주변에서 일어나는 일에 늘 신경을 쓰고, 다른 사람이 하는 것을 따라 해야만 하는 것이다.

이런 잘못된 상황을 바꿀 수 있는 만병통치약 같은 해결책을 나 역시 갖고 있지 않다. 다만 별로 현대적이지 않지만 내가 오래전부터 마음속에 품어왔던 개인적인 해결책을 여기에 소개하고 싶다.

적당히 즐겨야 즐거움이 두 배다!

그리고 작은 기쁨을 소홀히 하지 마라!

그러니까 한마디로 절제하라! 연극을 즐기는 사람이라면 초연을 놓치는 용기가 절제에 속한다. 독서를 즐기는 사람이라면 문학 신작이 출판된 지 몇 주가 지나도록 그 소식을 몰라도 괜찮을 수 있는 용기가 절제에 속한다. 하루라도 신문을 읽지 않으면 큰일이 날 것처럼 생각하는 사람이 아주 많다. 하지만 내가 아는 몇몇 사람은 매일 신문을 읽지 않고도 후회하지 않는 용기를 가졌다.

일 년 관람권을 끊었지만 2주에 한 번 정도만 극장에 가고, 그것을 손해라고 생각하지 않는 사람. 확언컨대 그는 이익을 얻을 것이다.

다량의 그림을 한꺼번에 감상하는 데 익숙한 사람이 할 수만 있다면 단 한 작품 앞에서 한 시간이나 그 이상 머물며 감상하려 노력하고, 그것으로 하루를 흡족하게 보냈다 여긴다면 그는 이득을 얻는 것이다.

독서광들도 마찬가지이다. 다른 사람이 신간 서적에 관해 말할 때 맞장구를 못 치면 더러 짜증이 날 수 있다. 가끔 사람들의 비웃음을 감수해야 할지도 모른다. 그러나 머지않아 스스로 여유 있게 웃을 수 있을 것이다. 정해진 틀에서 조금도 벗어나지 못하는 사람은 적어도 일주일에 한 번쯤 열 시간씩 늦잠을 자는 것도 좋다. 그렇게 하고 나면 늦잠으로 잃어버린 시간과 쾌락을 대체하는 상쾌한 기분을 만끽하며 감탄하게 될 것이다.

절제의 습관은 작은 기쁨을 맛볼 수 있는 능력과 내적으로 연결되어 있다. 이런 능력은 누구에게나 선천적으로 있다. 하지만 그 능력을 발휘하려면 현대 생활이 왜곡하고 없애버린 적당한 명랑함, 사랑, 서정성이 필요하다. 주로 가난한 사람에게 선물로 주어지는 그런 작은 기쁨들은 눈에 보이지 않을뿐더러 일상의 곳곳에 무수하게 흩어져 있어서 일에 파묻혀 사는 수많은 사람의 둔감한 감성으로는 거의 느끼지 못할 정도가 되었다. 그런 것은 눈에 잘 띄지도 않고, 많은 이들이 갈구하는 대상이 되지도 못하며, 많은 돈을 들여야 얻을 수 있는 것도 아니다.(안타깝게도 가난한 사람들조차 가장 아름다운 기쁨을 맛보는 데 돈이 들지 않는다는 사실을 모른다.)

그런 기쁨 가운데 으뜸은 우리가 날마다 자연을 접하면서 맛보는 기쁨이다. 현대 생활에서 특히 혹사당하고 지나치게 많은 일을 해야 하는 눈도 마음만 먹으면 풍요로운 즐거움을 만끽할 수 있다. 아침에 일터로 나갈 때, 나도 그렇지만 나를 향해 걸어오는 사람들 대부분이 겨우 잠에서 깨어 추위에 오들오들 떨면서 빠른 걸음으로 발길을 재촉하느라 여념이 없다. 대부분 급히 서두르며 바닥만 보고 가거나 기껏 시선을 들어도 지나가는 사람의 옷차림이나 얼굴만 힐긋 본다.

사랑하는 친구들이여, 딱 한 번만이라도 시도해보라! 나무 한 그루, 한 뼘의 하늘은 어디에서든 볼 수 있다. 굳이 파란 하늘일 필요도 없다. 어느 하늘 아래에서도 햇살을 느낄 수 있을 것이다. 아침마다 하늘을 쳐다보는 버릇을 들여라. 그러면 어느 날 문득 주변을 둘러싸고 있는 공기를 느끼고, 잠에서 깨어나 일터로 향하는 도중에도 아침의 신선한 숨결을 맛볼 수 있을 것이다. 매일매일 새로워지고 심지어 집집마다 지붕 모양이 다르다는 것도 알게 될 것이다. 조금만 눈길을 돌리면 온종일 편안한 마음으로 자연과 조금이라도 함께하는 마음의 여유를 가질 수 있다. 그렇게 얼마간 보내다 보면 어느새 당신은 주변의 수많은 작은 유혹들을 먼저 알아채고, 당신이 마주치는 자연을 세심하게 관찰함으로써 작은 생물들의 변화무쌍한 아름다움을 이해할 수 있는 눈을 갖게 될 것이다. 그런 훌륭한 눈을 가지려면 눈을 뜨고 주변을 살펴보기 시작하는 것이 무엇보다 중요하다.

한 뼘의 하늘, 정원의 초록 나무 울타리, 튼튼한 말, 멋진 개, 삼삼오오 떼 지어 가는 아이들, 아름답게 감아올린 여인의 머리. 그 모든 것을 우리는 놓치지 말아야 한다. 눈을 떠 자연을 볼 줄 아는 사람은 거리를 걸어가면서 단 1분도 허비하지 않고 소중한 것들을 목격할 수 있다. 그런데도 눈은 절대로 피곤하지 않고 오히려 더 맑아지고 더 좋아진다. 설령 흥미 없게 보이거나 흉하게 생겼더라도 모든 사물에는 그 나름대로 아름다움이 깃들어 있다. 보려는 마음이 있으면 그것을 볼 수 있다.

내가 오랫동안 작업실로 썼던 집 맞은편에 여학교가 있었다. 열 살가량 되어 보이는 아이들이 운동장에 나와 놀곤 했다. 그곳에서 노는 아이들의 시끄러운 소리가 방해가 될 때도 있었지만, 운동장에서 뛰노는 아이들을 쳐다보며 얻은 기쁨과 활기는 말로 다 표현하기 힘들다. 알록달록 예쁜 옷들, 생기 넘치는 아이들, 활발하고 호기심에 가득 찬 눈망울, 날렵하고 민첩한 아이들의 움직임이 내 마음속에 삶의 기쁨을 가득 채워주었다. 승마 학교나 닭 농장 같은 곳도 내게 비슷한 효과를 주었던 것 같다. 건물 외벽 같은 단색 평면에 비치는 빛을 관찰해본 사람이라면 눈이 얼마나 즐기기를 원하고 즐길 줄 아는지 알고 있을 것이다.

작은 기쁨의 사례를 몇 가지만 더 찾아보자. 독자들 대부분의 머릿속에는 벌써 작은 기쁨의 사례들이 총총 떠올랐을 것이다. 꽃이나 열매에서 나는 아주 특별한 향기라든지, 자기 자신의 목소리나 다른 사람의 목소리를 가만히 들어보는 거라든지, 아이들이 나누는 대화를 엿듣는 경험 같은 것 말이다. 노래를 흥얼거리거나 휘파람을 부는 것도 좋은 예다. 그 밖의 수많은 사소한 것들, 그들에게서 찾은 작은 기쁨을 꿰어 우리 삶을 엮어 나가자.

날마다 작은 기쁨을 가능한 한 많이 경험하라. 많은 준비를 요구하는 거창한 쾌락은 휴가 때나 조금씩 나누어 인색하게 누려라. 시간이 부족해 쩔쩔매고, 재미있는 일이 없어 심심해하는 사람들에게 나는 이 말을 해주고 싶다. 일상의 피로에서 벗어나 지친 몸을 추스르게 하는 것은 거창한 쾌락이 아니라 작은 기쁨이기 때문이다.

행복

행복을 찾아 헤매는 한

그대는 행복해질 준비가 되지 않았다

그대가 가진 가장 소중한 모든 것이 행복일 수 있었던 것

을……

이미 잃어버린 것을 안타까워하는 한

그대는 목표를 향해 쉼 없이 달리기만 한다

그대, 무엇이 평온인지 아직 모르는가

모든 소망을 접을 때

목표도 열망도 모를 때

행복의 이름을 더는 부르지 않을 때 비로소

일어났던 수많은 일들이

그대의 마음을 더는 괴롭히지 않고

그대의 영혼은 평온해지리라

인생은 덧없고 잔인하고 어리석지만 그럼에도 화려하다. 인생은 인간과 인간의 정신을 비웃지 않는다. 그러나 인생은 인간에게 신경 쓰지 않는다. 지렁이만큼도 신경 쓰지 않는다. 인간이 자연의 변덕이자 잔혹한 놀이라고 말하는 것은 인간이 자신을 너무 중요한 존재로 착각한 데서 비롯되었다. 인간의 삶은 새나 개미의 삶보다 유난히 더 힘든 게 아니라 오히려 더 수월하고 아름답다는 걸 알아야 한다. 삶의 잔혹함과 죽음을 회피할 수 없음을 불평하지 말고, 그런 절망을 몸으로 느끼며 받아들여야 한다. 자연의 추함과 무의미함을 마음속에 받아들일 수 있어야 비로소 그런 거친 무의미함에 맞설 수 있으며 의미를 찾으려 애써 노력할 수 있다. 그것이야말로 인간이 할 수 있는 최고의 능력이고, 인간이 할 수 있는 유일한 일이다. 그것 이외의 모든 것은 동물이 인간보다 훨씬 더 잘한다.

내면의 부유함

삶이 힘겨울 때 비로소 사람의 진짜 성격이 나타난다. 정신적 또는 이상적인 것들과 맺은 저마다의 관계도 마찬가지이다. 맛볼 수도 없고 만질 수도 없지만, 외적인 삶의 익숙한 지지대가 없어지거나 무너졌을 때 비로소 그것의 참모습과 진가가 드러난다. 또한 우리는 큰 시험에 처했을 때 비로소 기이한 경험을 하게 되는데, 이상적인 선(善)을 위해 사는 법을 아는 사람보다 그것을 위해 죽을 줄 아는 사람이 더 많다는 것이다.

자연과 달리 문화는 인간이 순간의 욕구와 벌거벗은 삶의 요구를 뛰어넘어 정신적인 가치를 찾아내고 만들어낸 모든 것이고, 그중 대표적인 것이 바로 종교, 예술, 철학이다. 가련한 남자의 민요, 숲과 구름을 보며 느끼는 방랑객의 기쁨, 조국에 대한 사랑, 지지하는 정당의 이상에 대한 열의, 그 모든 것이 '문화'이고 정신적 자산이며 인간다움이다. 세계사와 개개 민족의 발전에 수많은 우여곡절이 있었지만 인류의 이 이상적인 자산은 유지, 보존, 증폭되었다. 이런 자산을 내면에 간직한 사람은 절대로 파괴될 수 없는 정신을 가졌고, 누구도 그 내면의 자산을 빼앗아갈 수 없다. 돈, 건강, 자유, 삶은 잃어버릴 수 있다. 그러나 진정으로 획득하고 소유한 정신적 자산은 우리가 살아 있는 한 절대 잃어버리지 않는다.

궁핍과 고통의 시기에 비로소 무엇이 정말 우리 것이고 무엇이 충실하게 우리 곁에 남는지 드러난다. 성서의 아름다운 글귀나 의미심장한 괴테의 문장처럼, 좋은 강연과 음악을 즐겨 듣던 좋은 시절에는 사랑하고 소중히 여겼던 것이 아주 많지만, 궁핍과 굶주림과 근심으로 삶에 그늘이 드리우면 그런 것은 하나도 남아 있지 않다. 이렇게 조용히 누릴 수 있을 때만 문화의 가치가 있고 어려운 시절에는 그 가치가 없어진다고 생각하는 사람, 자신의 서재와 함께 정신세계가 없어지고 콘서트 정기권과 함께 음악이 사라진다고 여기는 사람은 참으로 불쌍하다. 의심할 여지도 없이 그는 이전에 정신의 아름다운 세계와 올바른 관계를 제대로 맺지 못했다.

아름다운 정신세계와의 올바른 관계는 많이 배우고 많이 읽고 많이 안다고 착각하는 향락주의자의 것이 아니다. 아무것도 안 하는 부자가 돈을 가지고 있는 것처럼, 향락주의자는 그저 문화를 소유하고 있을 뿐이다. 부자는 돈을 잃으면 빈곤을 잘 견디며 살아갈 수 있는 거지보다 더 궁핍해진다.

문화 자산은 손쉽게 얻을 수 있는 것이 아니다. 그저 돈만 내면 사서 이용할 수 있는 그런 비인간적인 것이 아니다. 위대한 예술가가 자기 자신과 싸우고 내면의 극심한 고통을 겪으면서 만들어낸 음악을 연주회장에서 편안히 앉아 듣는 것만으로 내 것으로 만들 수 없다. 마찬가지로 고뇌와 절박함으로 만들어낸 철학자의 심오한 말을 안락의자에 편안히 앉아 게으르게 읽는 것만으로 내 것으로 만들 수 없다.

일상적인 개인적 경험으로 우리는 모두 오랜 진리를 체험한다. 함께 피를 흘리지 않고, 함께 살며 사랑하지 않고, 희생과 투쟁을 하지 않으면 어떤 관계나 우정이나 감정도 우리 곁에 충실히 남아 있지 않게 된다. 사랑에 빠지기는 쉽지만 진정으로 사랑하기는 참으로 어렵다는 것을 우리는 모두 알고 있다. 진정한 가치를 지닌 것들이 다 그러하

듯 사랑은 돈으로 살 수 있는 것이 아니다. 쾌락은 돈으로 살 수 있지만 사랑은 결코 돈으로 살 수 없다.

우리가 인생에서 경험하는 교육은 어린이에서 어른이 되어야 하는 모든 사람에게 복종과 희생 능력을 갖추게 하고, 공동체를 우선으로 생각하고, 그것의 보존과 유지를 위해 개인의 순간적인 쾌락과 열망을 희생하는 법을 가르친다. 우리는 공동체를 존중하고, 강요가 아니라 자발적으로 공동체에 봉사함으로써 내적으로 성장한다. 그러므로 그런 것을 전혀 배우지 못한 범죄자를 우리는 뒤처지고 저능한 존재로 인식한다.

사회가 개인을 보호하고 지지하는 것과 똑같이 개인이 사회를 존중하고 사회를 위해 희생하면, 모든 인간과 민족이 그저 알고 이용하고 누리기만 하는 것이 아니라 존중하고 복종하는 공동의 문화를 갖게 된다. 이런 존중을 내면에 간직하는 순간 우리는 문화 자산의 진정한 소유자가 된다. 단 한 번만이라도 지고한 생각을 행동으로 옮겼거나 깨달음을 위해 희생해본 사람은 그저 문화를 즐기기만 하는 향락주의자 무리에서 벗어나 어떤 상황에서도 정신적 자산을 충실히 간직하고 보존하는 무리에 속하게 된다.

낮에 하늘을 쳐다보고 활력 넘치는 좋은 생각을 단 한

번도 떠올려보지 못한 사람보다 더 불쌍한 사람은 없다. 일터로 가는 도중에 훌륭한 시를 읊조리거나 아름다운 가락을 콧노래로 흥얼거리는 죄수가 화려한 아름다움과 달콤한 유혹을 지겹도록 누린 팔자 좋은 사람보다 아름다움과 위로를 더 깊이 내면에 간직할 수 있다.

그대, 혼자 멀리 떨어져 있는 슬픈 그대여, 이따금 좋은 글귀와 시를 읽고, 아름다운 음악과 멋진 풍경과 살면서 겪었던 순수하고 좋았던 순간들을 떠올려보라! 그대가 진심으로 그렇게 한다면 기적이 일어나 현재가 더 즐거워지고 미래가 든든해 보이며 인생이 더 사랑스러워 보이리라!

여름날의 기차 여행

나는 다시 짧은 여행을 떠난다. 기차를 탄 지 대략 한 시간 반쯤 지났지만, 마치 영겁의 시간이 흐른 것처럼 기차에 앉아 있는 시간이 지루하고 너무 불편하고 싫다. 몇 해 전, 린드버그인가 린드벌레인가 하는 미국인이 비행기로 대서양을 횡단하면서 서른 시간 이상 비행기 안에서 꼼짝하지 않고 앉아 있었다는 이야기를 들은 적이 있다. 비행이 끝날 무렵 그 남자도 분명 지금 나와 비슷한 기분이었을 것이다. 아니, 그렇지 않았는지도 모른다. 그는 공중을 날아 대양을 건넜으므로 구름과 안개, 별과 같이 아름답고 순수하고 거짓 없는 것들만 보았을 테니 말이다. 햇볕이 쏟아지는 바다와 어두운 밤바다를 보면서 여행한다면 서른 시간쯤 거뜬히 참을 수 있을 것이다. 하지만 나의 기차 여행이 이렇듯 길고 지루하게 느껴지고 짧은 여행조차 고통이 되어버리는 것은 바다와 하늘이 없기 때문도 아니고 걸리는 시간이나 거리 때문도 아니다. 그것은 낯설고 혐오스러운 공간, 문명과 기술로 가득한 장소에 강제로 갇혀 있는 상태 때문이다. 확언컨대 대도시 사람은 밤낮으로, 꿈속에서조차 그런 장소에 살기 때문에 지금 내 심정을 이해하지 못할 것이다. 그러나 비문명인으로서 야만인이나 유목인과 다를 것 없는 나는 자유를 사랑하고 그 밖의 다른 것에는 관심도 없다. 그런 내게 기차 안, 대도시, 호텔, 사무실, 관청, 공장 등의 장소에 있는 것은 진공 상태에 머무는 것처럼 치명적이다.

내 머리 위쪽에 숫자 46이 적혀 있다. 래커로 칠한 나무 벽에 붙은 흰색 에나멜 판에 적힌 검은색 숫자. 4자도 그렇지만 특히 6자는 사람이 쓴 것 같지 않게 너무 반듯하다. 마치 관공서에서 어떤 가상의 인간이 가상의 인간들을 위해 고안해낸 것처럼 비인간적으로 무미건조하고 생기가 없으며 가련할 만큼 추상적이고 딱딱해 보인다. 그런 숫자가 각 좌석 위에 하나씩 붙어 사람들에게 번호를 매기면서 굴욕감을 주고 있다. 그리고 숫자 옆에는 에나멜을 입힌 금속판이 나사로 단단하게 고정되어 있었는데, 그 위에는 법으로 금지된 행위나 충고의 말이 적혀 있다. 금연.

차창 밖으로 머리를 내밀지 마시오. '쓸데없이' 비상신호
기의 손잡이를 잡아당기지 마시오……

비상신호기! 어린 시절부터 내 눈에는 비상신호기가 기
차 안에서 가장 근사하고 매력적인 물건으로 보였다. 하
지만 그것을 감히 잡아당길 엄두를 못 냈고, 그것이 내 인
생에서 가장 큰 오점이 되었다. 나는 길고 짧은 기차 여행
을 수백 번도 넘게 하면서 비상신호기의 손잡이를 잡아당
겨 기차를 세우고 싶은 욕구를 수없이 많이 느꼈고, 특히
소년시절에 가장 강했다. 기차를 갑자기 세워버리면 잠시
나마 왕이 되어 기차와 기관사, 승무원, 승객, 운행시간표
를 마음대로 조종하고, 더 나아가 국가와 국가의 금지령,
복잡한 질서로 가득 차고 지루할 정도로 잘 정비된 세계
를 통치할 수 있을 텐데! 길쭉한 둥근 손잡이를 힘차게 잡
아당기기만 하면 기차가 멈춰 설 것이다. 그러면 승객들은
깜짝 놀라고, 승무원들은 우왕좌왕하고, 기차는 가쁜 숨을
토해내고, 객차는 세차게 흔들려 짐칸에 올려놓은 가방들
이 마구 떨어질 것이다.

그러나 나는 한 번도 그런 욕구를 실행에 옮긴 적이 없
고 지금도 감히 그러지 못하고 있다. 그 대신 나는 기차가
갑자기 멈춰 선 뒤 벌어질 일들을 그럴싸하게 상상해보았

다. 허둥지둥 달려온 승무원이 비상신호기의 손잡이를 당긴 이유를 내게 따져 묻는다. 그러면 나는 이렇게 대답한다. 기차 안이 너무 덥고 답답하고, 저 검정 숫자와 금지사항이 적힌 금속판, 서류 가방을 들고 있는 저 신사의 얼굴을 더는 참을 수 없어서 기차에서 당장 내려야 했다고 말이다.

하지만 나는 손잡이를 잡아당기지 않았고, 그저 비겁하게 상상놀이만 할 뿐 감히 실행에 옮길 용기를 내지 못했다. 인간은 그렇게 비겁한 존재이다.

좌석번호와 금지 문구만 벽에 붙은 게 아니다. 거기에는 광고 포스터도 걸려 있다. 이 세상의 모든 광고 포스터와 똑같은 목적, 즉 돈을 벌기 위한 목적으로. 게다가 그 포스터는 아주 특이한 방식으로 광고 효과를 높이려 시도하고 있다. 기분 나쁜 그 포스터에는 가시면류관을 쓴 예수 그리스도가 그려져 있었는데, 그리스도의 고통과 죽음을 이용하여 어떤 식으로든 돈을 벌고자 하는 의도가 엿보였다. 고통스러워하는 예수 그리스도의 얼굴이 사방에서 나를 바라보는 것만 같다. 이 기차를 타고 가는 기독교 신자가 그 모습을 보고 깜짝 놀라 그와 같은 신성모독을 당장 그만두라며 스스로 돈을 내놓게 하려는 공갈 협박이 아니었을까?

그런 건 아닌 것 같다. 여러 승객에게 물어보았는데 다들 그런 의도가 아니라고 대답했다. 승객들의 대답을 종합하면 그 포스터는 돈벌이 외에도 예술적인 목적에 이용된 것으로, 숲속 어딘가에서 공연하는 연극의 홍보물이었다. 나는 이상한 포스터를 제작한 사람들에 대해 오랫동안 생각해보았다. 이스가롯 유다도 자신의 스승을 배반했고, 예수 그리스도는 너무 자주 배반당해 그런 것에 이미 익숙할지도 모른다. 과연 그들은 예수 그리스도의 포스터로 많은 돈을 벌 수 있을까? 분명 은화 서른 냥에 스승을 팔아넘긴 유다보다 더 많이 벌 것이다. 하지만 이스가롯 유다는 적어도 그 후 스스로 목을 매어 죽지 않았던가? 포스터를 제작한 사람들 가운데 과연 한 사람이라도 돈을 받은 후 스스로 목을 맬까? 그렇지 않을 것이다. 나는 그들이 그렇게 할 거라 전혀 기대하지 않는다. 요즘 세상에서는 그런 일이 일어났다는 얘기를 듣기 힘들다. 이스가롯 유다가 스스로 목을 맨 것은 전혀 다른 시대, 전혀 다른 세계에서 일어난 일이다. 그 시절 그 세계에서는 사악한 자들과 악당들조차 웬만큼 양심적인 면이 있었고, 자기 것이 무엇인지도 알고 있었다.

나는 잠시 눈을 감았다. 그리고 다음 역이 설령 지옥일지라도 반드시 내리겠노라 다짐했다. 원래 내가 가려던 곳은 프라이부르크였지만, 그 순간 그토록 한심한 여행을 중단하는 것보다 더 절실한 것은 없다는 생각이 들었다. 나는 가방을 내려 맨 위에 넣어둔 오렌지를 눈으로 맛보고, 챙겨온 신간 서적 몇 권을 이리저리 뒤적였다. 서류 가방을 든 사람들과 예수 그리스도의 포스터가 난무하는 이상한 시대에도 끊임없이 기쁨과 만족을 주는 책을 펴내는 출판업자들이 있다는 것은 다행스러운 일이다. 챙겨온 신간 가운데 올더스 헉슬리의 《연애 대위법》은 벌써 다 읽었다. 그 책은 대단히 풍자적이고 냉소적이면서도 아주 재미있는 소설이다.

내가 챙겨온 또 다른 책은 죽음을 떠올리게 하는 데다 사라진 시대, 즉 전쟁으로 지치고 무의미함과 절망으로 질식해버릴 것 같던 1918년의 독일에 새롭고 휴머니즘적이며 세계시민적인 정신 사조가 활활 타올라 혁명의 정신적 지주가 되었던 짧지만 근사했던 시대를 떠올리게 했다. 정신적인 혁명가 가운데 그러한 극소수파의 최고 우두머리격으로 쿠르트 아이스너의 친구인 구스타프 란다우어를 꼽을 수 있을 것이다. 극소수에 불과한 그런 부류의 사람들은 반혁명 세력에 의해 잔혹하게 죽임을 당함으로써 독일혁명의 순교자(비록 신생 공화국의 성인이 될 수는 없었지만!)가 되었다. 그런 부류에 가까웠을 뿐 아니라 다양하고 개인적이며 정신적인 친분을 통해 그들과 결속되어 있었던 인물이 바로 루트비히 루비너다. 그 역시 세상을 떠난 지 이미 오래다. 루트비히 루비너가 1895년부터 1898년까지의 톨스토이 일기를 선별하여 새롭게 펴낸 책(취리히의 라셔 출판사에서 출간됨)은 다시금 그를 떠오르게 한다. 루비너의 선별 기준과 의미 있는 서문은 1918년경 급속도로 타올랐다 금세 꺼져버린 독일의 혁명정신에 근거한 것이다.

나는 책들을 다시 가방에 집어넣고 잠옷으로 위를 덮었다.(하느님은 오늘 밤 내가 어디에서 자게 될지 알고 계실까?) 그리고 인내심을 가지고 조금 더 견디면서 서류 가방을 들고 있는 신사의 눈을 들여다보았다. 상상력이 없었던 덕분에 성공을 거둔 사람에게서 볼 수 있는 차갑고 당당한 눈이다. 내 시선이 에나멜을 입힌 금속판이나 예수 그리스도의 포스터로 향하려고 할 때마다 나는 얼른 눈을 감아버렸다. 1840년, 그러니까 내 아버지가 세상에 태어날 무렵, 기차처럼 폭력적이고 상스러운 발명품을 도입하는 것을 격

렬하게 반대했던 몇몇 영주와 관료들이 있었다는 생각이 잠시 스쳐 지나갔다. 앞날을 내다볼 줄 알았던 선조들을 당시 사람들은 멍청하다고 여겼다. 그 선조들이 이겼더라면! 하지만 그들은 몽상가 내지 돈키호테 취급을 당했으며, 아무도 그들의 말을 진지하게 받아들이지 않았다. 그들이나 나 같은 부류의 사람들은 결코 진지하게 받아들여지지 않는다. 이제는 예수 그리스도조차 더는 진지하게 받아들여지지 않고, 현대인들의 눈에는 예수 그리스도 역시 돈키호테 또는 그들의 어리석은 표현대로 '낭만주의자'에 지나지 않는다.

점차 속도를 늦추는 기차는 곧 기차가 내뿜는 연기에 가려 표지판을 읽을 수 없는 미지의 역에 멈춰 설 것이다. 그리고 근처 어딘가에 틀림없이 숲이 있을 테고, 나는 숲 가장자리에 누워 구름을 바라보리라. 어쩌면 근처 어딘가에 시냇물도 있어 시원한 물에 얼굴을 적시고 헤엄쳐 다니는 송어를 관찰하리라. 몇 년 전에도 나는 그런 식으로 중간역에서 내려 특별한 행운을 누렸던 적이 있다. 그곳은 잠든 듯 조용한 라인강 상류의 소도시 근교였다. 그때 나는 축축한 풀밭에서 구애의 춤을 추는 오디새 한 쌍을 보았다. 그 춤은 오디새만이 출 수 있었다.

드디어 나는 가방을 들고 비틀거리며 기차에서 내려 플
랫폼 몇 개를 건넜다. 그리고 키 큰 물푸레나무가 멋지
게 뒤덮인 나지막한 언덕을 발견하고 그리로 걸어갔다.
역을 빠져나와 한참 걸은 뒤에야 문득 그곳 지명을 모른
다는 생각이 들었다. 다마스쿠스나 도쿄일 리는 없을 테
니 상관없다. 어차피 저녁이 되면 어디인지 자연스레 알
게 될 것이다.

화요일에 할 일을
목요일로 미루는 일을
한 번도 하지 못한 사람이 나는 불쌍하다
그렇게 하면 수요일이 얼마나 즐거운지
그는 아직 알지 못한다

파랑 나비

조그만 파랑 나비 한 마리가

바람에 팔랑거리며 날아간다

화려한 진주조개처럼

반짝반짝 빛을 뿌리며 사라져간다

그토록 순간적인 반짝임에서

그토록 덧없는 팔랑거림에서

나는 내게 눈짓하는 행복을 보았다

반짝반짝 빛을 뿌리며 사라져가는 행복을

완전한 의식과 이성의 구역처럼 보이고 차가운 네온 불빛이 비치는 그런 길이 있다. 그 길을 따라 차가운 구역을 지나간 사람은 다시 대지를 만나고, 다시 온기와 순수함과 사랑의 구역에 도달한다. 그곳은 도피처가 아니다. 그곳은 차가운 구역을 지나가야 들어갈 수 있고, 언제든 다시 잃어버릴 수 있고, 또 언제든 다시 도달할 수 있다.

명랑함은 장난이나 자만심이 아니다. 그것은 최고의 인식이자 사랑이며, 모든 현실을 긍정하고 모든 나락과 심연의 난간에서 깨어 있는 것이다. 명랑함은 거룩한 성인과 용맹한 기사의 미덕이고 방해할 수 없으며, 나이가 들어 죽음에 가까이 갈수록 점점 더 늘어난다. 명랑함은 아름다움의 비결이며 모든 예술의 진짜 본질이다.

인생의 찬란함과 끔찍함을 시어로 찬미하는 시인과 그런 것을 있는 그대로 울려 나오게 하는 음악가는 빛을 가져오는 사람이며, 비록 처음에는 눈물과 고통스러운 긴장감을 가져다주더라도 결국 이 세상의 기쁨과 밝음을 배로 늘리는 사람이다. 우리를 매료하는 시를 쓴 시인이 슬프고 고독한 자였고 음악가가 우울한 몽상가였는지 모르지만, 그렇다 하더라도 그들의 작품에는 신과 별들의 명랑함이 들어 있다. 시인이나 음악가가 우리에게 주는 것은 그들의 우울함이나 고뇌, 근심이 아니다. 그들은 순수한 빛, 영원한 명랑함의 한 방울을 우리에게 나누어준다. 모든 민족과 언어가 신화나 우주 진화론이나 종교를 통해 세계의 깊이를 재려고 아무리 애쓰더라도, 그들이 성취할 수 있는 최후의 최고 경지는 바로 명랑함이다.

나는 확고부동하고 완성된 가르침을 지지하지 않는다. 나는 늘 생성과 변화를 추구한다. 그러므로 내 책에는 '누구나 혼자'라는 진실과 더불어 다른 것들도 담겨 있다. 예를 들어 《싯다르타》는 전체가 사랑의 고백이며, 이런 고백은 나의 다른 책에서도 찾아볼 수 있다.

여러분이 내게 요구하는 것이 삶에 대한 신념을 나 자신이 가지고 있는 것보다 더 많이 보여주는 것은 분명 아닐 것이다. 내가 이미 여러 번 열변을 토했듯이 정말 살 만한 가치가 있는 진정한 삶은 우리의 시대와 정신의 범위 내에서는 불가능할 것이다. 나는 이것을 확고하게 믿는다.

그런데도 내가 살아 있다는 것, 다시 말해 거짓과 물질적인 탐욕, 광신, 야비함이 난무하는 이 분위기와 이 시대가 나를 죽이지 않은 것은 다행스러운 요인 두 가지 덕분이다. 한 가지는 내가 내면에 지니고 있는 천성이라는 위대한 유산이고, 또 한 가지는 시대를 불평하고 맞서면서도 생산적일 수 있는 나의 직업이다. 그런 것이 없었다면

나는 살 수 없었을 것이다. 그리고 그런 것 때문에 종종 내

삶은 지옥이 되기도 한다.

헤세의 일기

1920년 11월경 (한 달간의 긴 투병을 마치고)

지구와 태양이 다시 나를 위해 돌고 있다. 오늘도 푸른 하늘과 구름, 호수와 숲이 생기를 되찾은 내 눈에 오래도록 반사된다. 다시 내 것이 된 세상은 내 심장 위에서 다양한 음으로 마법의 소리를 들려준다. 다채로운 내 삶을 기록하는 이곳에 오늘 나는 한 단어를 적어 넣고 싶다. '세상' 또는 '태양' 같은 단어, 마법이 묻씬 풍기는 단어, 발음이 예쁜 단어, 충만함으로 가득한 단어, 충만함보다 더 충만하고 풍부함보다 더 풍부한 단어, 완벽한 성취와 완벽한 지식을 의미하는 단어.

오늘에 딱 맞는 마법의 단어가 생각났다. 그 단어를 여기에 커다랗게 쓴다. 모차르트. 세계에는 의미가 있고, 음악의 은유로 그 의미를 깨달을 수 있다는 뜻에서.

나는 일을 하고 싶다. 공부, 일기 쓰기, 편지 읽고 쓰기, 새로 나온 책 읽기, 그림 그리기 등 온종일 이것저것 뭔가 하고 있기는 하다. 하지만 그런 일은 모두 수집하고 준비하고 정리하는 일에 불과하다. 그런 것은 일이라고 할 수 없으며 집중력도 필요치 않아 작업이라고 할 수도 없다. 일다운 일을 하지 않는 시간, 그러니까 예술적 또는 철학적 작업을 위한 긴장감과 집중력이 필요치 않은 시간은 견디기 힘들다.

인도를 배경으로 한 나의 소설 《싯다르타》가 제대로 풀리지 않아 벌써 몇 개월째 중단한 채 그대로 방치해놓고 있다. 뭔가 새로운 영감이 떠오를 때까지 더는 소설을 쓸 수 없음을 깨닫게 된 그날을 나는 아직도 생생히 기억한다. 《싯다르타》는 근사하게 시작하여 순조롭게 진척되다가 어느 순간 갑자기 막혀버렸다. 이런 경우에 비평가나 문학사학자는 작가의 기력이 약해지거나 감정이 고갈되었거나 집중력을 상실해 그렇다고들 말한다. 그들은 그처럼 한심한 평을 해가며 괴테의 전기를 수없이 반복해 읽고 분석하는 것이다!

사실 내 경우는 아주 단순하다. 내가 체험한 일, 즉 자신을 괴롭히고 고행하며 지혜를 구하는 젊은 브라만의 감정을 글로 옮기는 동안에는 《싯다르타》가 모든 면에서 순조롭게 진행되었다. 그러나 인내하고 고행하는 젊은 싯다르타를 뒤로하고 승리자와 아첨꾼, 정복자로서의 싯다르타를 묘사해야 하는 부분에 이르자 더는 진척되지 않았다. 하지만 나는 계속해서 그런 모습의 싯다르타를 묘사하게 될 것이며, 결국 그는 그런 자가 될 것이다.

1921년 1월경

　　　　요즘 독일 제국의 대학생들이 온갖 잘난 척과 분노에 가득 찬 증오의 편지를 계속해서 내게 보내고 있다. 꼭두각시처럼 작위적이고 부자연스러우며 무례한 그들의 편지는 한 장만 읽어봐도, 그 모든 저주에도 내가 얼마나 건강하고 또 내가 그들의 신경을 얼마나 건드리고 흥분시키고 곤경에 빠뜨리고 있는지 알 수 있다. 또한 내 글이 얼마나 강력하게 위험, 사색, 정신, 통찰, 냉소, 환상으로 유혹하는지도 알 수 있다.

　그러나 그들의 편지에 담겨 있는 신조와 정신, 아니 어리석은 생각은 서글프기 짝이 없다. 최근에 할레 출신의 한 대학생이 내게 편지를 보내왔다. 그는 동료들을 대표하여 나에 대한 극단적인 경멸을 표명한 다음 자신이 신봉하고 모범으로 삼는 독일인의 이름을 대며 신앙고백처럼 편지를 써 내려갔다. 그가 신봉하는 인물은 칸트, 피히테, 헤겔, 바그너 등등이었는데, 괴테나 횔덜린, 니체, 그림 형제, 아이헨도르프의 이름은 없었고, 음악가 중에서도 모차르트와 바흐, 슈베르트는 없고 오직 바그너만 언급되어 있었다. 이 얼마나 단순하고 황폐하며 빈약한 정신세계란 말인가. 인내하라, 싯다르타여!

그러나 인내하기 어렵다. 인내는 인간에게 가장 어려운 고행이다. 인내는 가장 힘든 일이면서 동시에 배울 가치가 있는 유일한 일이다. 모든 자연, 모든 성장, 모든 평화, 모든 번영, 이 세상의 모든 아름다움은 인내에 바탕을 두고 있다. 인내는 시간과 침묵과 신뢰를 요구한다. 또한 인내에는 일생보다 훨씬 더 긴 시간에 대한 믿음, 개인의 통찰로 깨달을 수 없는 연관성에 대한 믿음도 필요하다. '인내'와 더불어 내가 말할 수 있는 소중한 미덕은 믿음과 신앙, 지혜, 천진난만함, 소박함이다.

자기 자신을 겨우 조금 알기까지 얼마나 오랜 시간이 필요한가! 자기 자신을 긍정하고 초자아적 의미에서 스스로에게 동의하기까지 또 얼마나 오랜 시간이 걸리는가! 우리는 끊임없이 자기 자신과 싸우고 매듭을 풀고 매듭을 잘라내고 또다시 매듭을 짓곤 한다. 마침내 이런 반복이 끝나고 완전한 이해와 완전한 조화 그리고 완결된 미소와 긍정의 대답이 오면, 그 목적지에 도달하면 우리는 비로소 미소를 지으며 숨을 거둔다. 그것이 바로 죽음이고, 이번 생을 끝내고 환생을 위해 실체가 없는 곳으로 기꺼이 들어가는 것이다.

죽음에 대해 내가 생각할 수 있는 건 이 정도뿐이다. 환생하지 않고 모든 것을 성취하여 진정한 열반에 오르는 것에 관해 나는 아직 완전하고 진정한 의미에서(단순히 지쳐서 휴식을 갈망하는 의미에서가 아니라) 상상하거나 이해하지 못했다. 싯다르타는 죽으면 열반에 오르기보다 새로운 형상으로 환생하는 새로운 윤회를 원할 것이다.

나는 일기를 열 권 이상 쓸 생각이다. 서너 권은 이미 쓰기 시작했다. 각각의 일기장에 '탕아의 일기', '유년시절의 원시림', '꿈의 책' 등 제목도 붙여두었다. 앞으로 화가의 일기, 음악 일기, 살고자 하는 본능과 죽음의 동경 사이를 오가는 해묵은 갈등에 관한 일기, 자살자의 일기를 쓸 것이고, 어쩌면 또한 개인적인 생각을 보편적인 일에, 자연에, 역사에 적용하는 척도를 찾기 위한 사색의 일기를 쓰게 될지도 모른다. 또한 다성음악과 양극성을 잠시나마 시도해보기 위해, 영혼의 둥근 모양과 다면성을 어떻게든 기록하기 위해 서너 권을 더 쓸 수도 있다. 하지만 아주 사소한 일들이 너무 많아졌고, 가장 단순했던 일들이 너무 복잡해져 그렇게 많은 일기를 쓰는 건 힘들다. 그러려면 손가락이 스무 개는 되고, 하루가 백 시간은 되어야 하리라. 팔을 열 개, 스무 개쯤 가졌을 인도의 신들이여! 그대들은 정말로 현실적이었도다!

열 권 넘는 일기를 모두 완성하려면 아무것도 하지 않고 오로지 일기만 써야 한다. 잠을 자거나 꿈을 꾸어선 안 되고, 그림을 그리거나 음악을 연주해서도 안 된다. 우정, 사랑, 배고픔, 성, 충만한 삶과는 무관하게 살아야 한다. 하지만 그럴 수는 없지 않은가. 하루가 천 시간이면 얼마나 좋을까!

물론 무리하지 않고 적당히 조절하면서, 나름대로 요령도 부려가며 가능한 범위 안에서 즐겁게 일하는 법을 터득할 수도 있다. 그러나 적당한 정도와 범위를 정하는 것은 학교 교사가 괴테를 평가하는 것과 같다. 그런 불가능한 일을 하려 애쓰는 게 과연 의미가 있을까? 줄 여섯 개가 그어진 연필 스케치나 네 줄짜리 시같이 하찮은 예술작품조차 맹목적이고 무모하게도 불가능한 것을 시도하고, 전체에 손을 대고, 혼돈을 호두껍데기 안에 쓸어 담으려 한다!

그것이 바로 예술가의 고뇌이다. 그들은 인내, 열정, 애정을 가지고 시, 그림, 소설 등의 작품을 만들어낸다. 그리하여 세상은 매시간 더 풍부하고 더 충만하며 더 다양해진다. 예술가는 암담한 현실 속에서 가느다란 실을 잣듯 잇달아 작품을 만들어내고, 매일 매시간 홍수처럼 밀려오는 꿈과 관점과 착안들을 억누르거나 녹여야 한다. 그런데 결과물이라는 것은 기껏해야 원하는 것의 천분의 일도 표현하지 못한 빈약한 멜로디다!

창작의 강박은 끔찍하면서 황홀하다. 시도를 거듭할수록, 작품이 늘어날수록 점점 더 강도가 세지고 불행해지고 체념이 커지고 광포해지고 강렬해진다. 그리고 마침내 결과를 얻는다. 여기서 결과란 저자의 평가나 시민의 박수갈채, 어느 소녀의 감상문 같은 '성과'를 의미하는 것이 아니라(이런 오해는 우습지만 참아줄 만하다.) 실질적인 결과물, 즉 마침내 예술가 앞에 놓여 있는 '작품' 자체를 가리킨다. 아주 하찮고 아무것도 아닌 작품 말이다. 세상에는 자기가 완성한 작품을 사랑하는 예술가도 있다고 하는데, 도대체 그것이 어떻게 가능할까?

문학작품을 고백으로 이해한다면(그리고 현재 나는 그렇게 이해할 수밖에 없다.) 예술은 꼬불꼬불하고 다양한 먼 길이라 할 수 있다. 그 길의 목표는 예술가의 자아가 힘이 빠져 결국 완전히 탈진해버릴 만큼 예술가의 자아와 개성을 완전하게, 구석구석 낱낱이 표현하는 것이다. 그러면 더 고차원적인 것, 이를테면 개성과 시간을 초월하는 어떤 것이 뒤따를지 모른다. 예술은 극복될 것이고, 예술가는 거룩한 성인이 될 정도로 성숙해질 것이다. 예술이 예술가의 인격 자체인 이상, 예술의 기능은 곧 고해성사나 심리분석의 기능과 일치한다. 니체의 후기 작품이나 스트린드베리의 고백서, 플로베르의 글은 모두 이와 같은 의미를 지니고 있다.

예술가의 종착지이자 목적지는 이제 예술이나 작품이 아니라 자기 자신을 단념하는 것, 영혼의 평온과 거룩함을 위해 콤플렉스와 고뇌에 사로잡힌 편협한 자아를 버리고 희생하는 것이다. 세상과 시간에 더는 개인적으로 반응하지 않고 마음속에서 세상의 혼돈을 의미와 음악으로 바꾸고, 신의 숨결에 순응하는 성인, 자신을 초월하는 자아로 발전하는 것이다. 다만 예술가를 성인으로 발전시키고 고백과 참회로 신의 품에 안식하게 하는 길이 진정한 길인지, 그 길이 과연 가능한지, 그리고 그 길을 따라가면 목적지에 다다를 수 있는지가 문제로 남는다. 그것은 나도 잘 모르겠다. 나 스스로 그 길을 가고 있고 또 가야 하지만, 그런데도 나는 그 길에 대해 매우 회의적이다. 정신분석에서 무의식의 표현에 담긴 중요성과 의미에 사로잡힌 나머지 자기 자신을 잃어버릴 수 있는 것처럼, 예술가는 조금씩 자기 자신을 내던지고 자신을 표현하고 남김없이 드러내 토해낸다. 그런 나머지 자신의 편협한 자아와 점점 더 깊은 관계에 빠져들고, 자신의 문제와 고뇌와 콤플렉스에 점점 더 깊이 사로잡힐 수 있다. 그리고 그것은 정반대 결과를 초래해 예술가를 성인과 정반대인 존재로 만들어버린다.(여담으로 밝혀두건대, 내가 생각하는 성인이란 그리스도교에서 말하는 성인과 어느 정도 차이가 있다. 내가 생각하는 성인은 정의로운 사람을 말하는 것이 아니라 신과 마음이 일치하는 경건한 사람, 자신의 감각이 전해오는 모든 것을 신의 섭리, 즉 필연적인 것으로 순순히 받아들일 수 있는 사람, 상반되는 두 가지를 하나로 보고 모든 관점에서 극단적으로 대립하는 것을 동등한 것으로 인정할 줄 아는 사람을 가리킨다.)

한 가지 문제점이 있다면, 그것은 예술가의 고백이(예술가가 거기에 어떤 의미를 두든 상관없이) 결코 순수한 고해가될 수 없다는 사실이다. 순수한 고해란 억눌러왔던 감정을그냥 터뜨리는 것이며, 해방이자 단념이자 폭로이다. 그에반해 예술가의 고백은 언제나 자기변명으로 기우는 경향이 있다. 예술가는 고해를 과대평가하고, 세상의 그 무엇과도 비교가 안 되게 고해에 애정과 세심한 주의를 기울인다. 그리고 고백이 더 솔직하고 더 신중하며 더 완벽하고더 단호할수록, 그것을 온전한 예술, 온전한 작품, 온전한자기 목적으로 여길 위험이 커진다. 예술가는 자신의 고백에 몰두하고, 자신의 과제와 자신이 이룬 성과 전체를 자신의 고백에 잘못 둠으로써 늘 자신의 개인적인 일에서 못벗어나고 주위를 방황하는 경향이 있다. 어차피 예술가는자기 인생에서 이룬 성과와 자기변명을 모두 자신의 작품에 옮겨 자신의 작품이 지니는 의미를 과장할 수밖에 없는사람이니 어쩌랴. 성인의 고백을 작가의 고백과 비교해보면 차이가 금방 뚜렷해진다. 예를 들어 아우구스티누스와루소를 비교해보자. 아우구스티누스는 신에게 자신을 내맡겼기 때문에 자신을 있는 그대로 폭로하는 한편, 루소는자기 자신을 변명하고 있다. 두 사람은 같은 동기에서 출발했으나 종착지는 완전히 극과 극이다. 한 사람은 성인이 되었고 또 한 사람은 시인이 되었다. 한 사람은 자기를 극복하여 위대한 인물이 되었고, 또 한 사람은 자신의 콤플렉스에 사로잡혀 흥미로운 사람에 그치고 말았다. 내 생각에 니체는 이 두 사람의 중간쯤 되고, 스트린드베리는 루소에 아주 가깝다.

예술가인 나는 당연히 친숙하고 명확하고 쉬운 길이 더 좋다. 경험 세계의 자아를 가차 없이 즉각적으로 단념하는 것은 예수 그리스도를 모방하는 것이리라. 나는 왜 쉬운 길을 가지 않을까? 왜 그 길은 내게 (영원히든 일시적으로든) 폐쇄되었을까? 그 이유를 나는 아직 모르겠다. 그렇다고 해서 내 인생이 지금보다 더 힘들어지거나 까다로워지거나 고통스러워지거나 불확실해지지는 않을 것이다. 이유를 알든 모르든, 그 길은 내게 열려 있지 않다. 하지만 나는 그 길이 성인에 이르는 유일한 길임을 알고 있다. 그리고 성인이야말로 내게 가장 매혹적인 이상형이자 모범이다.

정숙한 종교적 전통 속에서, 이를테면 가톨릭 신자로 성장했더라면 나는 아마 평생 그러한 전통을 고수했을 것이다. 그러나 내가 대단히 독실하지는 않지만 철저히 개신교적이고 종파주의적인 전통을 이어받은 것은 나의 출신과 운명이 이미 그렇게 정해놓은 덕분이다. 그것은 결코 우연이 아니었고, 내가 원했던 것이다. 나는 스스로 그러한 출신과 신앙, 종교개혁 및 종파 정신과 더불어 그와 같은 부담을 선택했다. 내가 태어난 시각에 토성과 화성, 목성과 달이 떠 있었고, 그렇게 될 수밖에 없었던 것처럼 신앙심 깊고 경건한 아버지와 개신교의 세례가 나를 위해 준비되어 있었다. 안정적이고 좋고 멋지고 건강한 종교의 편안함을 누리는 것은 정해진 내 운명이 아니고, 내가 계획하던 바도 아니다. 내게는 선동적이고 과열되고 불행하고 단기적이고 자신을 파괴하는 종교 속에서 성장하는 것이 필연적이었다. 그렇다, 내가 그것을 원했고, 내 육체, 내 조국, 내 언어, 내 실수와 재능처럼 나는 그것을 받아들였다.

나는 벌써 이십 년 가까이 인도에 몰두해왔고, 이제 새로운 전환점에 이른 듯하다. 지금까지 나의 독서와 탐구와 공감은 거의 철학적이고 순전히 정신적이고 베단타적이고〔베단타 철학은 우파니샤드의 철학적, 신비적, 밀교적 가르침을 연구하는 힌두교 철학학파이다.〕 불교적인 인도 사상에만 국한되어 있었다. 그리고 우파니샤드와 부처의 가르침이 이 세계의 중심에 있었다. 이제야 비로소 나는 인도의 신인 비슈누, 인드라, 브라흐마, 크리슈나 등을 종교적 의미에서 보기 시작했다. 그래서 기독교의 종교개혁처럼 전체 불교가 인도의 종교개혁과 같다는 생각을 점점 강하게 하고 있다.

나는 부처를(훨씬 더 심오하기는 하지만) 루터와 비교할 수 있을 것 같다. 물론 고대 인도의 승려 및 브라만 계급과 부처와의 관계에 한해서 말이다. 불교가 거대한 물결을 이루며 전파되는 과정은 유럽에서 종교개혁이 파급되던 과정과 매우 흡사해 보인다. 두 가지 모두 인간의 정신과 내면세계에서 출발하고 있다. 개인의 양심이 가장 중요한 요체가 되었고, 피상적인 제례의식, 신의 은총을 돈으로 사는 폐해, 마법, 제물을 바치는 의식은 시간이 지나면서 사라졌다. 승려 계급은 영향력을 상실했고, 개인의 사고와 양심이 옛날 권위에 맞서게 되었다.

그러나 많은 공격으로 충격을 받은 옛날 교리는 자체적으로 개혁하고 쇄신한 반면, 새로운 교리는 어느새 진부해져 교회와 민족 종교로 다시 퇴화해버렸다. 그러는 동안 구교는 겸손하게 오래가는 종교의 면모를 보이면서 새로운 힘을 과시했다. 개신교가 몇 백 년도 안 돼 타락하고 고

루해진 것처럼 불교 역시 옛날 신들을 다시 숭배하는 추세에 밀려 쇠퇴하게 되었다. 쫓겨났던 비슈누와 인드라가 다시 돌아오고, 또 다른 신들이 계속 탄생해 사람들에게 숭배를 받고 거대한 예술작품의 소재로 환영받는다.

한편, 브라만 계급의 지배 탈피와 세상의 구원을 의미했던 불교의 순수하고 정적이며 신성한 가르침은 비록 계속 존재한다 해도 점차 사람들의 관심 밖으로 밀려났고, 불교 교리와 제례의식은 민중의 마음을 더는 사로잡지 못하게 되어버렸다. 인도와 유럽 두 곳 모두에서, 신비적이지 않고 겉으로 보기에 순전히 정신적이고 개혁적인 종교는 종교로 남지 못하고 철학이나 과학 또는 변증법이 되었다. 물론 종교개혁 이후에도 살아남아 오늘날까지 명맥을 유지하고 있는 가톨릭교회 또한 브라만교와 마찬가지로 창조적인 힘을 전혀 보여주지 못하고 있다.

종교개혁 이전의 가톨릭교회, 그리고 불교에 앞서 있었던 다신 숭배가 가진 것은 미학이나 명료성, 다양한 형식의 숭배의식만이 아니다. 가톨릭교회와 다신 숭배는 무엇보다도 유연한 사고와 비교할 수 없이 월등한 적응력을 요구한다. 이와 달리 개혁된 청교도 신앙은 소수만 실천할 수 있는 자기희생을 요구한다. 그리고 소수의 사람들조차 아주 드문 경우에만 자기희생을 할 수 있다. 나 자신과 나의 욕구나 소망을 희생하는 일은 내게 아주 드문 경우이고, 설령 희생한다 하더라도 언제나 불완전한 희생에 그치고 만다. 그러나 헌금이나 기도, 화환 장식, 춤, 무릎 꿇고 절하기 등은 언제라도 기꺼이 할 수 있는 일이다. 그처럼 겉보기에 표면적이고 조야하며 기계적인 희생이 때로는 자기 자신을 바치는 것과 정신적으로 일치하는 것으로 취급받기도 한다. 가톨릭 미사는 아무 때나 가능하며, 가톨릭 성직자는 미사 예복만 입으면 곧바로 성직자가 될 수 있다. 이와 달리 루터 방식의 예배는 성체 봉헌을 하지 않으므로 자체로 모순이다. 그래서 개신교 성직자는 길고 힘든 설교로 자신이 성직자임을 증명해야 한다. 그런데도 아무도 그를 성직자라고 믿어주지 않는다. 개혁적인 색채가 짙은 종교는 그런 식으로 열등감을 키우게 된다.

1921년 2월 17일경

　　　지난밤 나는 이상한 꿈을 꾸었다. 내가 아는 한 지금까지 추락하는 꿈을 꾸면서 추락 끝에 잠에서 깨어나지 않은 적이 한 번도 없었기에 이상하다는 것이다. 이번에는 잠에서 깨어나지 않았다. 적어도 완전히 깨진 않았다. 그 꿈 이야기를 하자면 이렇다.

나는 일행과 더불어 마차를 타고 시골길을 달리고 있었다. 방향을 급하게 틀어야 하는 지점에 도달했는데, 우리 마차를 끄는 말들이 길을 따라 방향을 바꾸지 않고 그대로 직진하여 낭떠러지로 떨어지는 것이 아닌가. 그 순간 우리도 이미 공중에 떠서 추락하고 있었고, 누구도 소리를 지르지 못한 채 얼굴만 창백해졌다. 우리는 몸서리치는 긴장감 속에 몸이 바닥에 떨어지기를 기다렸다. 추락은 오래 지속되었다. 그때 우리 중 누군가가 외쳤다. "부딪힌다!" 우리는 결국 바닥에 부딪혔고, 나는 의식을 잃었다. 죽지는 않을 테지만 몸이 멀쩡하지 않겠다는 생각을 하면서, 혼수상태에서 깨어날 때는 과연 어떤 기분일까 궁금해하며 초조하게 기다렸다. 그리고 마침내 잠에서 아주 천천히 깨어났고, 어딘가 병들고 마비된 것 같은 꺼림칙한 기분이 들었다.

오늘은 아주 오랜만에 어떤 사람이 나를 찾아왔다. 식사를 마친 뒤 장작을 아끼고 추위도 이길 요량으로 평소처럼 겨울 산책을 다녀온 후였다. 소리 없이 내리는 눈 속에서 두 시간가량 돌아다니다 집으로 돌아온 나는 벽난로에 불을 피우며 생각했다.

'베를린이나 미국에 있을 수도 있고, 아니면 오래전에 죽었을 수도 있는데 나는 또다시 여기 이렇게 앉아 있구나. 나의 삶과 행위는 아무에게도 쓸모가 없고 아무런 결실도 없이 그냥 쓸쓸하게 사라져가고 있다!'

그때 문 두드리는 소리가 나서 마지못해 몸을 일으켜 문을 열었다. 문밖에 낯선 여인이 서 있었다. 일부러 나를 찾아온 그녀는 집 안으로 들어오더니 이름도 알리지 않고 벽난로 앞에 앉아 곧장 자기 얘기를 풀어놓았다. 그녀는《데미안》을 읽었기 때문에 나에 대해 알고 있었고, 일종의 고해성사를 하고 싶다고 했다. 그녀는 자신의 결혼생활에 대해 털어놓았다. 방금 남편한테서 도망쳐 나오는 길이라고 했다. 그녀의 이야기 가운데 많은 것들이 내게 친숙하게 느껴졌고, 또 어떤 것들은 생소하고 이상하게 느껴지기도 했다. 세 시간 가까이 앉아서 이야기하는 동안 그녀는 매우 힘든 듯 가끔 한숨을 내쉬었다. 나는 거의 말을 하지 않고 줄곧 그녀의 말에 귀를 기울였다. 마침내 그녀의 이야기가 끝났을 때, 나는 괴로워하는 사람들이 필요로 하는 위로의 말을 친절하고 조심스럽게 건넸다. 그러자 그녀는 마음이 가벼워진 듯한 얼굴로 돌아갔다. 오늘 오후는 그래도 허무하게 지나가지 않았고, 뭔가 결실이 있었다고 자부해도 괜찮을까?

세상에 고해성사를 듣는 신부나 목사 역할을 하는 것만큼 힘든 일도 없다. 자신의 속마음을 털어놓고 싶어 나를 찾아오는 사람이 간혹 있다. 그런 일은 나를 힘들게 할뿐더러 곤경에 빠뜨리거나 해를 입히는 경우가 많다. 불쌍한 사람이 내게 자기 이야기를 털어놓으면 내가 해줄 수 있는 말은 솔직히 이런 것뿐이다.

"정말 슬픈 일이군요. 살다보면 그렇게 슬픈 일이 많지요. 저도 그럴 때가 많습니다. 슬픔을 견디려 애써보지만 소용이 없을 땐 포도주를 한 병 마셔보세요. 그것도 도움이 안 되면 머리에 대고 총을 쏘는 방법도 있다는 걸 잊지 마시고요."

그러나 차마 그런 말을 할 수 없어 위로의 말과 삶의 지혜를 늘어놓는다. 내가 실제로 몇 가지 진실을 알고 있다 하더라도 그 진실을 큰 소리로 말하고 현실에서 당면한 고통을 치유하는 약으로 여기는 순간, 그것은 이론에 불과하며 공허한 것이 되고 만다. 그럴 때면 문득 나는 상투적인 말로 사람들을 위로하면서 뭔가 시시한 일을 하고 있다고 비참함을 느끼는 목사가 된 기분이 든다.

지난해, 그러니까 1920년은 내 생애에서 가장 비생산적인 한 해였다. 그뿐 아니라 가장 충격적인 해까지는 아니더라도 가장 슬픈 해였다. 1921년 올해 역시 비슷하게 지나가고 있다. 점성술이 그런 운세를 정확하게 맞히는 걸 보면 정말 신기하다. 점성술로 본 내 운세에 의하면, 좋지 못한 상태가 오래 지속될 것이고 심리적으로 심각한 압박감과 우울증에 시달릴 것이다. 나는 목숨을 내던지지 못하고 계속 부지해가는 것이 너무 힘들게 여겨질 때가 많다. 그럴 때면 이렇게 사는 것이 공허하고 무의미해진다.

지금으로부터 대략 두 해 전이 나의 마지막 전성기였다. 1919년 9월까지 나는 내 생애에 가장 충만하고 풍요로우며 열정적인 시기를 보냈다. 그해 1월에 《어린이들의 영혼》을 탈고했고, 같은 달에 사흘 밤낮을 꼬박 매달려 《차라투스트라의 귀환》을 마무리 짓고, 이어 희곡 《귀향》을 완성했다. 당시 내 생활은 매우 분주했고, 아내는 정신병원에 있었다. 1920년 4월에는 아내와 가족과 헤어져 베른 요양병원에 가야 했으므로 내적으로나 외적으로 근심과 난

처한 일뿐이었다. 그래도 테신으로 이주하자마자《클라인과 바그너》에 착수했으며, 그 작품이 채 끝나기 전에《클링조어의 마지막 여름》을 쓰기 시작했다. 그와 더불어 매일같이 그림을 그리는가 하면 많은 사람과 활발하게 교류하기도 했다. 또 두 번의 연애 사건을 겪었고, 술집에서 포도주를 마시며 밤을 지새우는 날이 많았다.

그렇게 모든 일에 열정적이던 내가 달팽이처럼 느리게, 매사에 절제하며 지내게 된 지도 벌써 일 년 반이나 되었다. 여전히 하는 일이 많기는 하지만 생산적인 것과는 거리가 멀다.(편지 교환, 자료 연구, 독서, 서평 쓰기 등과 같이 기계적인 일뿐이다.) 활활 타오르던 열정의 불꽃은 완전히 사그라졌다. 그런데 우습게도 내게는 죽음과도 같았던 1920년에 나의 저작물이 잇달아 출판되었다. 사람들은 내게 축하를 하거나 그런 식의 다작에 질렸다는 듯 머리를 절레절레 흔들었다. 그러나 그것도 다 옛날 일이다. 짤막한 글 몇 편과 답보 상태에 있는《싯다르타》제1부를 제외하면 지금까지 나는 아무것도 한 일이 없다.

오늘 또다시 과격한 증오의 편지를 한 통 받았다. 편지를 보낸 사람은 뮌헨에 사는 의사이자 아마추어 시인이었다. 그는 나를 반대하는 문학 캠페인의 개시를 알리면서

늘 그렇듯이 나를 공격했다. 나를 비난하는 남자의 직접적인 동기는 너무나 뻔한 것이었다. 그는 일 년 전 루가노에 머물 때 내 환심을 사려고 애썼으나 거절당한 일이 있었던 것이다. 그처럼 무례하기 짝이 없는 편지에 대한 분노와 불쾌감은 여전히 남아 있지만, 그런데도 한편으로 그런 편지를 쓴 사람의 심리 상태가 궁금해 수수께끼를 풀 듯 생각에 빠지곤 한다.

그런 사람들은 하나같이 내 관심사를 오해하고 있다. 그들은 내가 오로지 영향력과 명성을 얻고 '지도자'가 되는 것에만 관심이 있다고 생각한다. 추측컨대 그런 착각은 상당 부분 내가 《생명의 외침》이라는 잡지의 공동 발행인으로 활동하는 것을 오해한 데서 비롯된 것이다. 하지만 그것만으로는 수수께끼가 완전히 풀리지 않았다. 그런 편지를 받고 그냥 웃어넘기기는 하지만 때때로 불쾌한 감정이 남는 걸 보면 분명 내게도 어떤 오해나 착각이 있을 것이다.

정말로 그런 인간들이 사는 세계로부터, 또 문학이나 정치나 언론 등등의 야단법석과 경쟁으로부터 너무 멀리 떨어져 있어서 내가 그 세계의 언어를 이해하지 못하는 것일까? 아니, 그럴 리 없을 것이다. 내가 그런 세계와 공유하는 것이 더는 아무것도 없을지라도, 나는 그 세계를 알기에 충분할 만큼 지금까지 그곳의 공기를 마셔왔다. 그러므로 나는 그 세계로부터 어떤 말을 듣더라도 어깨를 한 번 으쓱하고 미소를 지을 수 있어야 하고, 그러고 나서 채 일 분도 안 되어 잊어버려야 마땅하다. 그런데 그렇게 하지 못하는 까닭이 뭘까? 내게 어떤 오해나 콤플렉스가 있거나 내 시각이 왜곡되었기 때문일까? 아니면 단지 원죄 탓이거나 근원적인 슬픔 때문에 그런 인신공격이 내 마음을 흔들어놓은 것일까? 마치 처참한 광경이나 끔찍한 질병, 공장 연기에 검게 그을린 도시를 볼 때마다 삶이 아무런 가치도 없다거나 삶이라는 것이 아예 없는 편이 더 낫겠다는 기분에 사로잡히는 것처럼?

나는 내게 비난의 편지를 보내는 사람들의 눈에 비친 내 모습을 생각해보았다. 나는 '지도자'로서의 공명심은 전혀 없다. 하지만 나 자신도 잘 알고 있듯이 예술가로서의 명예욕이나 자만심에서는 완전히 자유롭지 않다. 어쩌면 바로 거기에 문제가 있는지 모른다. 말하자면 나의 존재와 입장을 세상에 보여주고 그것을 글로 표현하려 열정적으로 노력했는데도 그토록 철저하게 오해를 받는 데 실망한 나머지 그와 같은 인신공격에 더 예민하게 반응하는 것일 수도 있다.

　불교 신자들에게는 열반에 대해 논하는 것이 금지되어 있다. 열반이 소멸인지 신과의 합일인지, 부정적인 것인지 긍정적인 것인지, 축복인지 단순히 안식을 의미하는 것인지에 대해 말하기를 부처는 거부했고 사람들에게도 금지했다. 나 또한 그것에 대한 논쟁은 쓸데없는 짓이라고 생각한다. 내가 이해하고 있는 열반은 개개인이 완전한 전체로 회귀하는 것이고, 개체화의 원리 뒤로 물러나는 구원의 단계, 즉 종교적으로 표현하면 개개의 영혼이 만물의 영혼인 신에게 귀의하는 것이다. 또 다른 문제는 부처의 길을 걸으며 그런 귀의를 열망하고 추구해야 하느냐에 관한 것이다. 신이 나를 세상에 있게 하고 개체로 존재하게 한다면, 되도록 빨리 우주로 되돌아가는 것이 내 임무가 아닐까? 아니면 흘러가는 대로 나 자신을 내맡김으로써(《클라인과 바그너》에서 나는 이것을 '추락하게 두다.'라고 표현했다.) 그리고 끊임없이 개체로 분열하여 삶을 만끽하고자 하는 신의 욕구에 나를 희생시킴으로써 신의 뜻을 실현해야 할까?

　순수하게 이성적인 부처의 가르침은 이제 더는 내 마음

을 사로잡지 못한다. 그리고 젊은 시절에 부처의 가르침을 접하고 크게 감동했던 것이 지금 내 눈에는 결점으로 보인다. 이를테면 이성적이고 무신론적인 특징, 놀라운 정확성, 신학과 신과 복종의 부재 등. 이제는 오히려 예수 그리스도가 환생(예수는 분명 환생을 믿었다.)이나 열반을 전혀 언급하지 않았다는 점에서 부처보다 한 단계 앞서 있었다는 생각이 종종 든다.

가르베[1857~1927. 산스크리트 학자]의 이론에 따르면 인도 철학에는 여섯 가지 흐름이 있는데, 그 여섯 가지는 모두 윤회 신앙이라는 오류에 근거를 두고 있다. 말하자면 수천 년 동안 인도의 현자들이 생각하고 믿어온 것이 모두 어리석은 믿음이라는 주장을 넌지시 하는 것이다. 나는 가르베라는 인물과 늘 트집 잡기 좋아하는 그의 성격을 잘 알고 있었으므로 개의치 않고 이어서 읽어 나갔다. 거기에는 상키아학파[힌두교의 정통 육파철학 중 가장 오랜 학파]의 이론이 간단히 설명되어 있었는데, 그 부분은 십 년 전에도 한 번 읽은 적이 있는 것으로 열반에 오르기까지의 기계적인 진행 과정을 상세하게 설명하고 있었다. 곧 나는 부처가 실제로 상키아학파의 이론을 알고 있었을 가능성이 대단히 높다는(가르베도 그렇게 추정하고 있다.) 생각이

들었다. 상키아 철학은 두 가지 원리, 처음과 끝이 없는 두 가지 존재, 즉 물질과 정신을 바탕으로 한다. 우리 인간의 몸속에 있으며 정신 그 자체로 오인되기 쉬운 가장 섬세한 기관(신경계를 말한다.)이 물질과 정신 사이에서 중재 역할을 한다고 믿는다. 오로지 물질에만 변화가 일어나고, 모든 현상은 물질에서만 일어난다. 이와 달리 정신은 늘 변함이 없다. 나는 물질과 정신을 '구별하는 법'을 배움으로써, 다시 말해 모든 현상이 나의 정신과 아무 상관이 없다는 것을 인지함으로써, 그리고 체내기관을 나의 진정한 자아와 혼동하고 있다는 것을 깨달음으로써 기쁨과 슬픔을 극복하고 초월할 수 있다. 이 사실을 인식하고 그에 따라 행하면 나는 환생하지 않을 것이다. 내 영혼이 육체를 떠남과 동시에 무의식 상태가 시작되어 설령 영혼이 영원히 존재하더라도 나는 의식이 없기 때문이다. 그러면 나는 아무것도 감지할 수 없고, 나와 물질(또한 나와 환생 가능성) 사이의 접촉이 끊어지게 된다.

이렇듯 간단하게 표현되지만, 사실 매우 정교한 이런 심리학적 숙고가 이따금 명상과 연결되어 요즈음 놀랍도록 내게 도움을 준다. 그 덕분에 최근에 나는 '심장아, 언젠가 너는 쉬게 될 것이며'로 시작하는 시를 지었다.[헤세는 이

시를 1921년 2월 15일에 '윤회'라는 제목으로 썼고, 훗날 '삶의
한가운데'라는 제목이 붙여졌다.〕

심장아, 언젠가 너는 쉬게 될 것이며

언젠가 마지막 죽음을 죽게 될 것이다

너는 정적 속으로 들어가

꿈도 없는 깊은 잠을 자게 될 것이다

죽음이 황금빛 어둠 속에서

너를 부르며 손짓하고

너는 죽음에 가까워지기를 갈망한다

조각배가 폭풍에 떠밀려 바다 위를 떠다닐 때

머나먼 항구를 그리워하듯 너는 죽음을 갈망한다

그러나 너의 피는 아직 붉은 물결을 이루며

현실과 꿈 사이에서 너를 이리저리 흔들고

심장아, 너는 아직도 삶에 대한 갈망과 열정으로 타오르
고 있다

저 높은 세계의 나무에 달린

과실과 뱀이 달콤한 말로

욕구와 배고픔, 죄와 쾌락으로 너를 유혹하고

백 가지 화음의 노랫소리가

156

너의 가슴을 뚫고 무지개처럼 아름다운 곡을 연주한다

쾌락의 원시림과 같은 사랑의 유희가

너를 황홀경으로 끌어들이면

너는 그곳에서 취객이 되고 짐승이 되고 신이 되어

정처 없이 헤매며 흥분하고 지쳐간다

조용한 마법사의 예술이 황홀한 마법을 부려

너를 자신의 영역 안으로 이끌고

죽음과 탄식 위에 화사한 베일을 그려 넣어

고통을 쾌락으로, 혼돈을 조화로 바꾸어놓는다

정신은 최고의 연주로 너를 유혹해

별들과 마주 보게 세우고

너를 세계의 중심으로 만든다

그리고 우주 합창단이 너를 둘러싸게 한다

원형질과 동물에서 시작하여 네게 이르기까지

수많은 조상의 흔적이 네게 남아 있음을 보여주고

너를 자연의 목표이자 종착지로 만든다

그런 다음 어두운 문을 활짝 열어젖히고

신을 가리키고, 정령과 욕망을 가리키고

정신에서 감각이 펼쳐지는 모습과

무한한 것이 거듭 새롭게 형성되는 모습을 보여준다

정신은 세계를 만들고, 그 세계가 음악이 되어 거품처럼
흩어지게 한다
그러면 세계는 비로소 다시금 너에게 호의를 베푼다
너는 세계와 신 그리고 우주를 꿈꾸는 자이기에

피와 욕망이 끔찍한 짓을 저지르는
암울한 곳을 향해서도 길은 열려 있다
두려운 나머지 환각 상태에 빠지고
사랑한 나머지 살인을 하는 곳
범죄가 성행하고 망상이 난무하는 곳
그런 곳으로도 길은 열려 있고
꿈과 현실을 구분하는 경계석조차 없다
너는 이 모든 길을 가고 싶을 테고
이 모든 유희를 즐기고 싶을 테고
길이 끝날 때마다 너는 보게 되리라
새로운 길이 훨씬 더 매혹적임을
재산과 돈은 얼마나 근사한가!
재산과 돈에 무관심한 것은 얼마나 근사한가!

체념하고 세상에서 눈을 돌리는 것은 얼마나 근사한가!

세상의 유혹을 열정적으로 좇는 것은 얼마나 근사한가!

신을 좇아 오르고, 동물이 되어 돌아오고

어디서나 덧없이 분주하게 행복을 찾는다

이리 가고 저리 가고, 인간이 되고 동물이 되고 나무가 되
어라!

세상의 화려한 꿈은 무한하고

모든 문이 네 앞에 무한히 열려 있다

어느 문에서나 삶으로 충만한 합창이 울려 퍼지고

어느 문에서나 덧없는 행복, 덧없는 향기가

너를 유혹하며 부른다

두려움이 너를 사로잡으면 체념의 미덕을 보여라!

가장 높은 탑으로 올라가 몸을 던져라!

하지만 명심하라

너는 어디서나 길손에 불과하다는 것을

쾌락에서도 고통에서도 길손이고, 무덤 속에서도 길손이
다

충분히 휴식을 취하기도 전에 너는 또다시

탄생의 영원한 흐름에 내던져진다

그 많은 길 가운데 하나를

찾는 것은 어렵지만 알기는 쉽다

모든 세계의 둘레를 한 걸음에 측정하는 자

너는 속지 않고 최종 목적지에 도달한다

그 길 위에서 너는 깨달음을 얻는다 :

죽음이 결코 파괴하지 못하는

너의 가장 깊은 내면의 자아는

오직 너만의 것이지

명성에 귀 기울이는 세상의 것이 아니다

이름 없는 오류에 갇힌 미로

그 미로는 너의 긴 순례길이었고

기적의 길은 언제나 네 가까이에 있었다

어떻게 너는 그토록 오랫동안 눈먼 채 길을 걸을 수 있었
단 말인가

기적의 길을 한 번도 보지 못하는 마법 같은 일이

어떻게 네게 일어날 수 있었단 말인가

이제 마법의 힘은 사라지고

너는 깨어났다

너는 오류와 감각의 계곡에서

아련히 들려오는 합창 소리를 듣는다

너는 조용히 외부 세계로부터 돌아서서

너 자신에게로 내면의 세계로 향한다
그러면 너는 안식을 얻고
마지막 죽음을 죽게 될 것이다
정적 속으로 들어가
꿈도 없는 깊은 잠을 자게 될 것이다

영웅적인 요구와 미덕은 모두 억압에 지나지 않는다. 나는 이른바 애국자라고 하는 자들과 반동주의자들이 보내는 악의적인 편지에 분노해서는 안 된다. 그들이 보기에 나는 악마, 절대 금지해야 할 존재, 혼돈과 지옥에 관여하는 존재일 테니까.

'미덕'은, 아무튼 재능도 마찬가지인데, 마치 비정상적으로 크게 사육한 거위의 간처럼 나름대로 유용하기는 하지만 위험한 영양 과잉과 다르지 않다. 내 안에 있는 재능과 미덕을 크게 키우려면 그것에 필요한 정신적 에너지를 다른 곳에서 가져와야 하기 때문에 크게 자란 미덕은 삶의 방향을 억압하고 궁핍하게 하면서 미덕만 전문적으로 키웠다는 뜻이다. 감각적인 욕구를 희생시켜 지성을 키우거나 이성을 희생시켜 감성이 무성하게 자라게 할 수 있는 것처럼 말이다.

자유로워지려는 노력과 혼돈을 사랑하는 마음을 지적하며, 내가 이른바 애국자나 반동주의자처럼 위험하고 해로운 존재라고 과연 말할 수 있는지 나는 정말 모르겠다. 내가 나 자신에게 바라는 것은 그저 대립하는 쌍들 뒤로 물러나는 것, 혼돈을 수용하는 것이다. 그것은 내가 부분적으로 동의하는 심리분석이 요구하는 것과 일치한다. 이를테면 우리는 적어도 한 번은 모든 판단을 버리고 자기 자신을 있는 그대로 바라봐야 한다. 무의식의 표현이 우리에게 보여주는 그대로, 도덕심이나 의협심, 근사한 겉모습을 모조리 떨쳐버리고, 우리의 충동과 욕구, 불안, 고통을 있는 그대로 바라봐야 한다. 그런 원점 상태에서 비로소 우리는 다시 실제의 삶을 위해 가치관을 세우고, 긍정과 부정, 선과 악을 명확하게 구분하며, 규율과 금지사항을 정하고자 노력해야 한다.

하지만 누군가 그렇게 한다고 해서, 즉 모든 혼돈을 받아들이고 본능에 충실하며 윤리의식을 버린다고 해서 그가 반드시 머지않아 진실하고 더 훌륭하며 더 높은 도덕을 발견하게 되리라 단언할 수는 없다. 오히려 그 사람은 원초적인 욕구에 쉽게 빠져들어 완전히 자제력을 잃고 미친 사람이나 범죄자가 되어버릴 가능성이 훨씬 더 크다. 그런 데도 나는 혼돈으로 이끄는 길을 가면서 그렇게 되지 않으리라는 은밀한 믿음이 있는데, 이런 믿음이 도대체 어디서 나오는지 아직 모르겠다.

어쩌면 내가 그렇게 믿는 것은 〈험난한 길〉이나 〈아이리스〉 같은 동화에 묘사해놓은 것처럼, 단지 내 마음속에 남은 강박관념과 도덕의식 때문인지 모른다. 그 작품들에서 나는 무의식적인 것에 관심을 기울이는 것을 낯선 힘과 관계를 맺는 것으로 해석했는데, 그런 힘과 관계를 맺는 자체는 그냥 시선을 돌려버리는 것보다 낫다고 생각한다. 다만 무의식적인 낯선 힘이 순례자를 삼켜버릴지 어떨지는 아직 불분명하다……

1921년 5월이나 6월경

최근에 또다시 나의 행위와 삶을 폭로하는 편지가 몇 통 도착했다. 현재 새로운 물결, 새로운 이론, 새로운 삶의 가능성 등이 밀려오고 있는데, 바로 내가 그것을 전도하고 추구하거나 최소한 그 실험 대상에 속한다는 것이다. 독일에서 최근 발간되는 잡지들은 점점 도스토옙스키에 관한 내 논문이나 차라투스트라에 관한 소책자뿐 아니라 《데미안》에 대해서도 장황한 기사를 싣고 있다.

오스카 슈미츠라는 작가가 보내온 편지가 가장 흥미로웠다. 그는 예전부터 몇 권의 저서를 통해 재기발랄하고 품위 있으며 신사답기는 하지만 깊이가 없어 문단에서 별로 인정받지 못하는 작가로 알려져 있었다. 여행이나 패션에 관한 기사와 사회 비판적인 글을 주로 쓴 그는 어쨌든 평균 이상은 되는 작가였다. 내가 그의 글을 마지막으로 읽은 지도 여러 해 지났는데, 얼마 전 융 박사를 통해 다시금 그를 떠올리게 되었다. 융 박사가 내게 슈미츠의 신간인 《디오니소스 신의 비밀》에 상당히 놀라운 것들이 담겨 있다는 내용의 편지를 보내왔다. 나는 그 책에 대해 전혀 몰랐고, 또 슈미츠에 대해서도 아는 것이 없었다. 그래서 곧바로 출판사에 그 책을 보내주었으면 좋겠다는 편지를 썼다.

그 후 출판사로부터 책을 이미 보냈다는 내용의 엽서가 날아왔다. 그러는 동안 메란에 머물던 슈미츠가 직접 내게 보낸 편지 한 통이 도착했다. 편지에는 그가 《데미안》

을 읽은 뒤 나를 '새로운 가르침의 교부'로 여기고 있으며, 내가 그의 신간을 읽었는지 모르겠지만 출판사에 책을 한 권 내게 보내라고 부탁해놓았다고 적혀 있었다. 이 편지를 쓴 지가 벌써 석 달이 지났으니 출판사가 능장을 부렸나보다. 그러나 융 박사의 언질 덕분에 일이 제대로 흘러갔다. 슈미츠는 편지에서 또 도스토옙스키에 관한 내 논문이 있다는 이야기를 들었다면서 그 논문을 읽어볼 수 있게 보내줄 수 없겠느냐고 물었다. 나는 곧바로 내 논문을 보내주었으나 아직 그의 책을 받아보지 못해 그 책을 꼭 읽어보겠다고만 적어 답장을 보냈다.

그 이후 마침내 《디오니소스 신의 비밀》이 도착했다. 나는 곧장 책을 읽기 시작했고 놀라움을 감추지 못했다. 책이 아주 낯선 개성을 드러내는 가운데 내가 최근에 겪고 내 삶과 글을 상당히 변화시킨 내적 체험을 반영하고 있었기 때문이다. 그러나 구태의연한 문체와 진부한 표현 때문에 나는 첫 장부터 실망했다. 그 책은 슈미츠의 예전 작품과 조금도 다를 것이 없었고, 표현상의 변화도 찾아볼 수 없었다. 그런데도 나는 계속 읽어 나갔고 곧 마음을 사로잡히고 말았다.

유별날 정도로 분수를 잘 지키며 혼자 자유롭게 사는 데

익숙했던 한 지성인이 전쟁을 겪으면서 모두가 갖는 참전
(유럽의 최대 야만 행위라고 내가 비판하곤 했던 전쟁) 기억을
갖게 되는데, 그 기억은 투우사의 붉은 깃발처럼 그를 흥
분시킨다. 그는 심각한 '전쟁 공포증'에 시달리다 포로가
되는 두려움에 떨고, 이어 격분과 반항을 보인다. 그의 고
통은 차츰 노이로제로 발전한다. 전쟁 노이로제(나도 아주
유사한 체험을 했었다!)를 스스로 인식하고 치료하는 대단
히 흥미로운 과정이 이 책의 중심 내용이다.

여기서 세 가지 요소가 주인공을 발전시킨다. 전쟁 체
험, 즉 자신이 세상에 얼마나 적응을 못 하는지 주목하게
만드는 전쟁 노이로제 자체와, 개인의 각성 즉 내가 신이
고 아트만이며 내게는 아무 일도 일어날 수 없다는 자신
감, 마지막으로 비록 슈미츠가 유럽적이고 디오니소스적
인 불교를 창조하기는 하지만 불교의 수련과 더불어 분명
한 의식을 갖고 행하는 불교 연구가 바로 그 세 가지 요
소이다.

그리고 뭔가 묘하게 맞아떨어지는 것이 있었다. 《디오
니소스 신의 비밀》의 주인공이 체험하는 것은 성격이나 형
태가 전혀 다르기는 하지만 내가 《싯다르타》에서 묘사하
고자 했던 바로 그것이었다. 《싯다르타》의 제1부는 끝낸

지 일 년이 다 되어가며 몇 주 전에 베를린의 피셔 출판사로 이미 보내놓은 상태이다. 사실 나는 그 작품 속에 내가 알고 있고 또 예감하고 있기는 하지만 내면적으로 아직 갖지 못한 그 무언가를 묘사하고 싶어 그다음을 이어서 쓰는 작업에 착수하지 못하고 있었다. 그런데 바로 그것을 슈미츠라는 작가가 그의 책에 묘사해놓은 것이다! 그것은 사소하면서도 대단히 충격적인 체험이었다. 더구나 그것은 내가 수년 전부터 몰두해오면서 스스로를 괴롭히고 아프게 만들었던 것, 나의 생각과 작품들을 가득 채우고 있던 것, 내가 《싯다르타》에서 묘사하고자 했던 것이 다른 사람의 마음속에도 자리하고 있다는 것을 의미한다. 아주 비슷한 것, 아니 똑같은 것을 다른 사람도 체험한 것이다. 또한 나뿐 아니라 그들에게도 심리분석은 구제 수단이었고, 동양의 가르침(부처, 베단타, 노자)에 가장 가깝게 데려다주는 길이 되었다. 심리분석은 단순한 치료 수단이 아니라 새로운 가르침, 즉 새로운 단계의 인류 발전에 중요한 요소이기도 하다.

내가 사실상 그 안에서 살아야 하고 어쩔 수 없이 믿어야 하는 것에 대한 경멸감은 갈수록 커져갔다. 독일(어쩌면 유럽 전체) 정신계와 문단이 완전히 가치를 잃고 타락하거나 쇠퇴했다는 나의 확신 또한 마찬가지였다. 학문은 돈벌이나 하찮은 장난으로 전락해버렸다.(칸트와 헤겔을 비롯하여 모든 독일 철학자들이 사색의 결과를 실제 삶에 적용하기를 거부함으로써 이런 사태에 결정적으로 기여한 셈이다.) 문학은 오락이자 장난이며 기만에 불과하고, 전체가 허영으로 가득 찬 장사판과도 같다. 예전만 하더라도 내가 매우 진지하게 받아들였던 양질 문학과 저질 문학의 차이는 점점 더 찾아보기 힘들어졌다. 또한 에른스트 찬과 토마스 만, 또는 강호퍼와 헤르만 헤세 사이에는 이제 이렇다 할 차이가 더는 없으며, 우리 시대의 더 나은 문학이나 최고의 문학이라는 말도 속임수에 지나지 않는다. 도덕과 신성함, 초개인적인 가치를 얻기 위한 진정한 노력의 기반이 결여되어 있다. 모두가 자기 자신과 자신의 명성이나 어떤 당파를 위해 일하고 노력하고 생각하며 정치 활동을 한다. 그러나 노동과 정신적 노력 및 고양은 오직 인류만이 가진 강물로 함께 흘러 들어가야 옳다. 그 강물 안에서는 초기 교회의 성직자들이 그랬던 것처럼 개개인의 업적이나 실수가 즉시 익명이 된다. 그래야 비로소 쓰는 사람이나 읽는 사람 모두 진지하게 믿을 수 있고, 기쁨과 신념과 진실이 담기며, 그것을 위해 죽을 수도 있는 글이 독일에서 다시 집필되리라.

날짜 미상

　　　　지난밤 나는 꿈을 많이 꾼 듯한데 머릿속에 남은 것은 하나도 없다. 다만 꿈속에서 내가 겪고 생각했던 것들이 양 갈래 길로 갈라졌다는 것만은 기억난다. 한 방향은 몹시 분주했고, 내가 받아들이기 힘든 온갖 고통으로 가득 찼다. 또 다른 방향은 그런 고통을 완벽한 이해와 성스러움을 통해 극복하려는 노력과 갈망으로 가득 찼다. 나의 생각과 소망과 환상은 가파른 벽에 부딪혀 고통과 자각, 불평과 내적 노력 사이를 몇 시간씩 헤매다 고통스러운 피로감에 젖어들었다. 그리고 그것들은 점차 모호한 육체적 감각으로 변했다. 슬픔과 고통, 무기력함의 상태가 기이할 정도로 섬세하고 명백하게 객관적인 표현으로, 장면과 소리로, 시각과 청각으로 고스란히 드러났다. 그와 동시에 영혼의 다른 층에서는 정신적 에너지가 힘차게 솟아 인내하라고, 싸우라고, 끝없는 길을 계속 가라고 다그쳤다. 이쪽에서 한숨 소리가 날 때 저쪽에서 용감한 발걸음을 내디뎠다. 한 층에서는 괴로운 감정이 다그침 속에서 해답을 찾았고, 다른 층에서는 자각과 원동력을 찾았다.

이런 경험을 곱씹고 마음속의 개울과 계곡 소리를 듣기 위해 웅크리고 앉아 있는 것이 과연 의미가 있다면, 그 의미는 오로지 우리가 가능한 한 충실하고 정확하게 영혼의 동요를 좇으려 애쓸 때만 생길 수 있다. 의미는 말로 도달할 수 있는 것보다 훨씬 멀고 훨씬 깊은 곳에 있다. 그것을 말로 표현하려고 시도하는 사람은 잠깐 배운 외국어로 섬세하고 까다롭고 지극히 개인적인 것을 표현하려 할 때처럼 막막함을 느낄 것이다.

나의 상태와 경험이 그랬다. 한편으로 힘든 고통을 체험하고, 다른 한편으로 운명과 완전한 조화를 이루기 위해 고통을 이겨내려 애썼다. 내 의식이나 의식 세계의 첫 번째 목소리가 그렇게 판결했다. 그러나 조용하지만 더 깊은 여운을 남기는 두 번째 목소리는 상태를 다르게 표현했다. 잠과 꿈속에서는 분명히 듣지만 나중에는 아득하게 멀어지는 첫 번째 목소리는 고통을 그르다 판결하지 않았고, 완벽을 애쓰는 정신적 에너지를 옳다 판결하지 않았다. 그저 옳고 그름을 둘로 분리했다. 두 번째 목소리는 고통의 달콤함을 노래했고, 그것의 필연성을 말했다. 그것은 고통을 극복하거나 없애기를 바라지 않았다. 오히려 영혼에 더 깊이 각인되기를 원했다.

첫 번째 목소리는 대략 번역하면 이렇게 말했다. "고통은 고통이다. 그것에 타협의 여지는 없다. 고통은 아프고 괴롭다. 고통을 견디게 해주는 힘이 있다. 그러므로 그 힘을 찾고 돌보고 길러 그 힘으로 무장하라! 만약 영원히 계속해서 괴로워하고 괴로워하려 한다면 너는 바보이자 겁쟁이이다."

그러나 두 번째 목소리는 대략 번역하면 이렇게 말했다. "네가 고통스러운 까닭은 고통을 겁내기 때문이다. 네가 아픈 까닭은 고통을 막으려 하기 때문이다. 그러므로 고통에서 도망치지 말고, 탓하지 말고, 겁내지 마라. 고통을 사랑하라. 너는 이미 스스로 모든 것을 알고 있다. 유일한 마법, 단 하나의 힘, 구원과 행복이 마음속에 있고, 그것의 이름이 사랑이라는 것을 너는 이미 알고 있다. 그러니 고통을 사랑하라! 거부하지 말고 도망치지 마라! 고통에 담긴 은밀하고 깊은 달콤함을 맛보라. 고통을 마지못해 억지로 받아들이지 마라! 무엇보다 고통에 대한 거부감이 네게 아픔을 주는 것이지, 고통 자체는 아무것도 아니다. 고통은 고통이 아니다. 죽음은 죽음이 아니다. 귀 기울여 들으면 고통은 훌륭한 음악이 된다. 그러나 너는 고통에 귀 기울이지 않는다. 너는 항상 고통의 음악과 어울리지 않는 독특한 음악에 사로잡혀 있고, 거기서 벗어나려 하지도 않는다. 내 말을 들어라! 내 말을 듣고 잘 기억하라. 고통은 아무것도 아니다. 고통은 망상이다. 오직 너 혼자 만들어 내고 혼자 아파하는 것이다."

고통과 고통에서 벗어나려는 의지 이외에 또 다른 두 목소리가 계속해서 언쟁하고 대립했다. 의식의 편인 첫 번째 목소리는 강한 힘을 갖고 있었다. 그것은 모호한 무의식 세계에 선명함으로 맞섰다. 이쪽 편에는 권위가 있었다. 모세와 예언자, 아버지와 어머니가 있으며, 학교, 칸트, 피히테가 있었다. 두 번째 목소리는 멀리서 아득하게 들렸다. 무의식 세계에서, 고통에서 저절로 울려 퍼지는 것 같았다. 그것은 혼돈의 진창에서 마른 육지를 만들어내지 않고, 어둠에서 빛을 만들어내지 않았다. 그것 자체가 어둠이었고 태고의 진창이었다.

두 목소리의 콘서트가 어떻게 전개되었는지 표현하기는 불가능하다. 두 목소리의 첫 음이 각각 나뉘었고, 새로운 음이 이어질 때마다 계속해서 두 목소리가 나뉘었다.

그러나 그냥 서로 대립하는 두 가지 합창이 되지는 않았다. 하나는 밝고 다른 하나는 어둡고, 하나는 높고 다른 하나는 낮고, 하나는 남성적이고 다른 하나는 여성적인, 상반되는 두 가지 합창이 아니라 각각의 모든 새로운 음에 두 목소리가 다 있고, 혼돈의 리듬과 의지의 리듬이 다 담겨 있고, 낮과 밤, 남성성과 여성성이 새롭고 독창적으로 섞여 있었다. 어디에서나 각각의 목소리가 각기 상반된 특징을 모두 가졌고, 거기서 파생된 목소리도 그런 것처럼 보였다. 태고의 혼돈과 같은 목소리가 점점 더 명료하고 남성스럽고 단호하고 제한적인 목소리와 섞였고, 그와 반대 현상도 일어났다. 모든 것이 혼합이었다. 다른 원리에 대한 갈망에서 모든 것이 생겨났다.

그렇게 다성음악과 다양성이 생겨났고, 그 안에는 온 세상 온갖 가능한 것들이 모두 들어 있는 것처럼 보였다. 그것들은 서로서로 균형을 이루었다. 가벼운 고통의 연속인 전체 세계가 나의 꿈꾸는 영혼 안에서 연주되는 듯했다. 그 과정에는 힘과 활기가 있었지만, 또한 갈등과 대립과 가슴 아픈 반목도 있었다. 세계는 아름답고 열정적으로 놀아갔지만, 회전축은 삐걱거리고 연기가 피어났다.

이미 말했듯이 나는 내가 무슨 꿈을 꾸었는지 기억하지

못한다. 악보는 사라졌지만 음률과 목소리는 여전히 내 귀에 남았다. 나는 꿈속에서 나쁜 일을 많이 겪었고, 고통을 다시 느낄 때마다 거기서 벗어나 도망치고 싶다는 간절한 바람을 느꼈다. 그런 식으로 영원한 순환이 생겨났다. 충동과 감수성, 상황과 감내, 행동과 고통이 끝도 없이 계속되었다. 나는 마음이 편치 않았다. 모든 것이 쾌락보다는 아픔이었고, 꿈속 상황이 육체적 감각으로 드러나는 곳에 통증이 있었다. 나는 머리가 아프고 현기증이 나고 가슴이 답답했다.

내게 거부감을 준 것은 여러 가지였는데, 새로운 경험이나 고통을 느낄 때마다 새로운 목소리가 제각각 다른 대답을 주었고, 돌진할 때마다 내면의 경고가 뒤따랐다. 여러 인물이 등장했는데, 무엇보다 《카라마조프가의 형제들》에 나오는 조시마 장로가 모범이자 스승으로 등장했다. 그러나 태고의 혼돈과 같은 목소리가 잇달아 새롭게 바뀌면서 반발했다. 아니, 반발했다기보다 어떤 고귀한 존재가 내게서 등을 돌리거나 조용히 고개를 젓는 것 같았다.

목소리가 이렇게 말하는 것 같았다.

"어떤 모범도 정하지 마라! 모범은 존재하지 않으며 네가 만들어낸 것일 뿐이다. 모범을 정하고 좇는 것은 쓸데

없는 짓이다. 올바른 것은 저절로 나타난다. 그냥 고통을 달게 받아라. 그것을 피하려 하면 할수록 그 맛은 더욱 쓰게 느껴질 것이다. 비겁한 사람은 운명을 독약이나 약물처럼 마신다. 그러나 너는 포도주나 불처럼 운명을 마셔야 한다. 그렇게 하면 운명이 달콤하게 느껴질 것이다."

그러나 맛은 썼고, 세상은 밤새도록 돌았고, 회전축은 삐걱거리며 연기를 피웠다. 이쪽에는 눈먼 본성이, 저쪽에는 시력 좋은 정신이 있었다. 그러나 시력 좋은 정신은 도덕에서 철학에서 처방에서 계속해서 눈멀고 죽고 황량해졌다. 그리고 눈먼 본성은 언제나 아름답게 촉촉한 영혼의 눈을 곳곳에서 부끄럽고도 밝게 떴다. 그 어떤 것도 이름과 맞지 않았다. 그 어떤 것도 자신의 본질에 충실하지 않았다. 모든 것이 '그저' 이름뿐이고, 모든 것이 '그저' 본질일 뿐이었으며, 삶의 성스러움과 비밀이 모든 것 뒤로 계속해서 멀고 두려운 새 반사경 속으로 사라져갔다. 그렇게 나의 세계는 회전축이 버티는 한 연기를 내면서 계속 돌아갈 것이다.

잠에서 깨어났을 때 밤은 거의 지나갔다. 나는 시계를 보지 않았다. 그 정도로 잠이 깼던 것은 아니다. 하지만 잠깐 눈을 떠 창틀과 의자와 옷가지들 위로 어렴풋하게 비치는 여명을 보았다. 소매 하나가 약간 뒤틀려서 축 늘어진 셔츠가 상상의 나래를 펼치게 했다. 어둠 속에서 흩어지는 흰 얼룩, 조용히 스며드는 회색 세상, 안개 낀 바닥에 깔린 검은 어둠. 새벽 여명보다 우리의 영혼을 더 생산적이고 흥분되게 하는 것은 없다.

그러나 나는 흩어지는 흰 얼룩의 춤에서, 빙글빙글 맴도는 은하수나 산꼭대기의 만년설이나 거룩한 성화를 그리고 싶은 충동을 따르지 않았다. 나는 여전히 비몽사몽이었고, 나의 의식은 오로지 내가 잠에서 깼는지, 아침이 다 되었는지, 아직도 머리가 아픈지, 바라건대 다시 잠들 수 있는지를 확인하는 데 몰두했다. 빗방울이 지붕과 창가에 투둑투둑 떨어졌다. 슬픔과 통증과 냉정이 내 안에서 조금씩 되살아났고, 나는 도망치듯 눈을 감고 잠과 꿈속으로 다시 기어 들어갔다.

그러나 나는 잠과 꿈으로 완전히 되돌아가지 못했다. 나는 피곤함도 아픔도 느끼지 못한 채 비몽사몽의 어정쩡한 상태에 있었다. 나는 꿈인데 꿈 같지 않고, 생각인데 생각 같지 않으며, 환영 같기도 하고 의식의 빛을 받은 무의식의 스치는 빛 같기도 한 것을 경험했다.

잠이 덜 깬 새벽의 비몽사몽 중에 나는 성스러운 일을

경험했다. 한편으로 나는 거룩한 성인이었고, 성인처럼 생각하고 성인처럼 느꼈다. 다른 한편으로 나는 성인을 나의 분신인 것처럼 보았다. 나는 그를 꿰뚫어 보고 그의 속마음까지 속속들이 알았다. 마치 내가 그를 보고 그에 대해 읽고 듣는 것 같았다. 마치 내가 나 자신에게 그 성인에 관해 설명하는 것 같았다. 동시에 그가 내게 자기 이야기를 들려주는 것 같기도 했다. 또는 내 삶처럼 느껴지는 삶을 그가 나보다 먼저 살았던 것 같았다.

내가 성인이었든 아니든 상관없이 그 성인은 큰 고통을 겪었다. 하지만 나는 나와 무관한 사람을 본 것처럼 말할 수 없는데, 나는 그의 고통을 체험하고 느꼈기 때문이다. 자식이 내 앞에서 죽거나 죽어가는 것 같은, 가장 소중한 것을 잃는 감정을 분명하게 느낄 수 있었다. 그들은 눈과 이마가 있고 작은 손과 목소리가 있는 육신의 자식이었다. 또한 그들은 나의 정신적 자식이자 재산이었다. 나는 그들이 나를 떠나 죽어가는 것을 지켜보았다. 그들은 내가 제일 좋아하는 사상과 시였다. 그들은 나의 예술이었고 생각이었고 시력이었고 삶이었다. 그들은 나의 전부였다. 그들의 사랑스러운 눈이 감겨 더는 나를 알아보지 못하고, 사랑스러운 입술로 더는 숨 쉬지 못하는 것은 가장 힘들고 가장 잔인한 경험이었다.

그런 고통을 나나 그 성인이 겪었다. 그는 눈을 감고 미소를 지었다. 옅은 미소에는 나약함과 사랑과 쉽게 상처받는 존재를 연상시키는 고통이 배어 있었다.

그러나 옅은 고통의 미소는 아름답고 조용했다. 그것은 고스란히 그의 표정이 되었다. 가을에 마지막 남은 잎사귀를 떨구는 나무의 모습이 그랬을 것이다. 얼음과 불길 속에서 생명이란 존재하지 않는 오래전 태고의 땅이 그랬을 것이다. 그것은 고통이고 아픔이며 깊은 슬픔이었다. 그러나 반항이나 반발은 아니었다. 그것은 동의, 희생, 경청이었고, 동시에 어떤 식으로든 관여하며 함께하려는 마음이었다. 거룩한 성인은 자신을 스스로 희생했고, 희생을 찬양했다. 그는 고통스러워하며 미소 지었다. 그는 스스로 강해지지 않았지만, 영생하기에 활기가 있었다. 그는 기쁨과 사랑을 받아들였으며, 그것을 내주었다가 다시 돌려받았다. 그러나 그것을 내주었던 상대는 타인이 아니라 자신의 운명이었다. 생각 속에 어떤 생각이 잠기듯, 어떤 몸짓이 고요함 속에 사라지듯 성인의 후예들과 그들에 대한 사랑은 아픔 속에 사라졌다. 사라졌지만 마음속에 남았다. 사라졌지만 죽지 않았고, 변했지만 폐기되지 않았다.

그렇게 그들은 마음속에 남았다. 세계의 마음속에. 감내하는 사람의 마음속에. 그들은 생명이었고 비유가 되었으며, 모든 비유가 그렇듯 새로운 비유로 다른 옷을 입기 위해 먼저 고통 속에 사라지는 것이다.

힘든 시절을 보내는 친구에게

아무리 암울한 시절이라도
사랑하는 친구여, 내 말을 들어보아라
기분이 좋든 나쁘든
나는 인생을 탓하고 싶지 않다

햇살과 비바람
둘 다 하늘의 얼굴
달콤하든 씁쓸하든
운명은 내게 좋은 양식을 준다

영혼은 꼬불꼬불 얽힌 길
영혼의 언어를 익혀라
오늘의 고통을

내일은 자비라 찬미하리라

신을 믿지 않는 자만이 죽음을 택하노니
믿는 자에게 신은
낮은 곳에서, 높은 곳에서
영혼의 의미를 깨닫게 가르쳐준다

자비로운 부름을 받고
하늘을 쳐다볼 수 있을 때
마지막 계단에서 비로소
우리는 안식을 누려도 되리라

악몽

악몽에서 깨어나

침대에 앉아 어둠을 응시한다

어둠 속에서 그런 장면들을 불러내는

내 영혼이 끔찍하게 무섭다

꿈속에서 저지른 악행은

나의 고유한 작품일까? 그저 광기일까?

아, 나쁜 꿈이 내게 보여준 것은

쓰디쓴 진실이고, 내가 한 짓이 맞구나

단호한 재판관의 입에서

나의 오점들이 공개된다

밤은 차가운 입김을 창문에 불어 넣고
안개처럼 어슴푸레한 빛을 뿌린다

오, 달콤하고 밝은 낮이여, 어서 오라
그리고 밤이 내게 준 고통을 치유해다오

낮이여, 내가 다시 그대 앞에 설 수 있게
그대의 햇살로 나를 비추어라

설령 아픔이 따르더라도
이 나쁜 어둠의 공포에서 벗어나게 해다오

한탄

우리에게는 존재가 허락되지 않는다, 우리는 그저 흐를 뿐
우리는 온갖 형태 속으로 기꺼이 흘러든다
낮으로, 밤으로, 동굴로, 대성당으로
우리는 뚫고 지나간다, 존재를 향한 갈망이 우리를 재촉
한다

우리는 쉬지 않고 형태를 하나씩 채워간다
그리고 어떤 형태도 우리의 고향, 우리의 행복, 우리의 고
난이 되지 않는다
우리는 언제나 떠돌아다니고, 언제나 나그네이다
밭도 쟁기도 필요치 않고, 빵을 키울 수도 없다

신이 우리를 어떻게 생각하는지 우리는 알지 못한다

신은 우리를, 점토를 손에 쥐고 주무른다

점토는 말이 없고, 주무르는 대로 형태가 바뀌고 웃지도
울지도 않는다

점토는 쉽게 형태가 만들어지지만 구워지는 일은 없다

언젠가 돌로 굳어 영원해지리라!

그때를 그리는 우리의 갈망은 영원히 식지 않는다

그러나 두려운 떨림만 영원히 남는다

우리의 길에 휴식은 없으리라

당신도 그것을 알까?

가슴 벅찬 기쁨을 맛보는 도중에
웃음 가득한 축제의 장에서
문득 침묵하며 자리를 피해야만 하는 순간이
가끔 있다는 걸 당신도 알까?

그런 날에는
갑자기 심장이 아픈 사람처럼
잠자리에 누워 잠을 이루지 못하고
기쁨과 웃음은 연기처럼 허공에 흩어지고
하염없이 눈물을 쏟는다

당신도 그것을 알까?

쉼 없이 달리다

그대 두려움에 둘러싸인 영혼이여
그대는 늘 이렇게 묻는다
험난한 날을 그렇게 많이 보냈건만
평화와 휴식은 도대체 언제 오는가?

오, 나는 안다
편안한 날을 맞이하자마자 우리는
새로운 것에 대한 그리움으로
평화와 휴식의 나날을 고통스러워하는 것을

그대는 잠시 안식을 취할 뿐
다시 새로운 고통을 찾아 나간다
성급하게 뜨는 샛별처럼
우주는 조바심에 가득 차 있다

온갖 죽음

온갖 죽음을 나는 이미 죽어 보았다
온갖 죽음을 나는 다시 죽으려 한다
나무 속에서 목재의 죽음으로 죽고
산속에서 돌의 죽음으로 죽으려 한다
모래 속에서는 흙의 죽음으로
바스락거리는 여름풀 속에서는 풀잎의 죽음으로
그리고 불쌍하고 잔혹한 인간의 죽음으로

꽃으로 나는 다시 태어나려 한다
나무와 풀로 나는 다시 태어나려 한다
물고기와 사슴, 새와 나비가 되려 한다
그러면 갈망은 나를
모든 형상으로부터 잡아채어

마지막 고뇌에 이르는 계단으로
인간의 고뇌로 이끌어가리라

오, 팽팽히 당겨져 파르르 떨리는 활이여!
삶의 양극에서
맹렬한 기세로 날아오는 갈망의 주먹이
서로에게 비켜서라고 요구한다
너는 여전히 자주 그리고 자꾸
나를 죽음에서 탄생으로 몰아가리라
고통의 길로
거룩한 길로

어딘가에

인생의 사막에서 나는 정처 없이 방황하며
무거운 짐에 눌려 신음한다
그러나 거의 잊어버렸지만 어딘가에
시원하게 그늘지고 꽃이 만발한 정원이 있음을
나는 안다

그러나 아득히 먼 꿈속 어딘가에
영원한 안식처가 기다리고 있음을 나는 안다
그곳에서 영혼은 다시 고향을 찾고
영원한 잠, 밤과 별이 기다리고 있음을
나는 안다

아름다운 오늘

내일 – 내일은 어떻게 될까?

슬픔, 근심, 부족한 기쁨

무거운 머리, 쏟아부은 포도주 –

살아야 한다, 아름다운 오늘을!

빠르게 흘러가는 시간이

영원한 윤무로 변한다 해도

가득 찬 이 잔은

절대로 변치 않는 영원한 나의 잔

사그라든 내 젊음의 불꽃

지금 다시 활활 타오른다

죽음, 너는 내 손을 잡았구나

기어코 나를 강제로 끌고 가려는가?

절대 잊지 마라

저녁이 따스하게 감싸주지 않는
뜨겁기만 한 가혹한 낮은 없다
무자비하고 사납고 소란스러웠던 날도
어머니 같은 밤이 포근히 감싸주리라

오, 가슴이여, 그대 스스로 위로하라
그리움을 견디기 어려워도
어머니처럼 부드럽게 그대를 감싸줄
밤이 점점 다가오고 있으리니

쉴 새 없이 헤매던 방랑객에게
그것은 침대요, 관이 되리라
낯선 손길이 마련해준

그 안에서 그대는 마침내 쉬게 되리니

흥분한 가슴이여, 잊지 마라
모든 기쁨을 진정으로 사랑하라
영원한 안식을 취하기 전에 느껴야 하는
아픈 통증까지 사랑하라

저녁이 따스하게 감싸주지 않는
뜨겁기만 한 가혹한 낮은 없다
무자비하고 사납고 소란스러웠던 날도
어머니 같은 밤이 포근히 감싸주리라

세상이여, 안녕

세상이 산산조각으로 흩어진다
우리는 한때 세상을 몹시 사랑했다
그러나 이제 우리는 죽음이
그다지 두렵지 않다

세상을 바꾸려 하지 마라
세상은 여전히 다채롭고 원시적이다
태초의 마법이 여전히 머물며
세상을 그려낸다

고마운 마음으로 우리는 떠나야 한다
이 땅의 한바탕 유희에서
세상은 우리에게 기쁨과 고통을 주었고

세상은 우리에게 많은 사랑을 주었다

세상이여, 안녕
예쁘게 꾸며 다시 윤기 흐르는 젊음이 되거라
우리는 그대가 주는 행복과 고난을
넉넉히 누렸노라

작품별 출처

당신은 정말 행복한가
Bist du eigentlich glücklich?. Teildruck aus <Wenn es Abend wird>

외로운 밤
Einsame Nacht. Geschrieben 1901. Aus <Die Gedichte>

잠 못 이루는 밤
Schlaflose Nächte. Geschrieben 1900. Aus <Die Kunst des Müßiggangs>

불면증
Schalflose Nächte. Geschrieben 1901. Aus <Hermann Lauscher>

밤의 사색
Nachtgedanken. Geschrieben 1938. Aus <Die Gedichte>

두려움 극복
Die Angst überwinden. geschrieben 1919, in <H. Hesse-Werkausgabe>

불가능한 것을 다시 시도하기
Das Unmögliche neu probieren!. Teildruck aus <Gedanken über Lektüre>

언제나 새롭게
Immer neue Selbstgestaltung. Zitat aus H. Hesse, <Der Steppenwolf>

피리
Pfeifen. Geschrieben 1927. Aus <Die Gedichte>

무위의 기술
Die Kunst des Müßigangs. Geschrieben 1904. Aus <Die Kunst des Müßiggangs>

작은 기쁨
Kleine Freuden. Geschrieben 1899, Teildruck aus H. Hesse, <Kleine Freuden>

행복
Glück. Geschrieben 1907. Aus <Die Gedichte>

내면의 부유함
Der innere Reichtum. Gescrieben 1916. Aus <Die Kunst des Müßiggang>

여름날의 기차 여행
Sommerliche Eisenbahnfahrt. Gescrieben 1927. Aus <Die Kunst des Müßiggang>

파랑 나비
Blauer Schmetterling. Geschrieben 1927. Aus <Die Gedichte>

헤세의 일기
Tagebuch. Geschrieben 1918. 1920. 1921. Teildruck aus <Materialien zu Hesses Siddhartha>

힘든 시절을 보내는 친구에게
An die Freunde in schwerer Zeit. Geschrieben 1915. Aus <Die Gedichte>

악몽
Traum. Aus <Die Gedichte>

한탄
Klage. Geschrieben 1934. Aus <Die Gedichte>

당신도 그것을 알까
Kennst du das auch?. Geschrieben 1901. Aus <Die Gedichte>

쉼 없이 달리다
Keine Rast. Geschrieben 1913. Aus <Die Gedichte>

온갖 죽음
Alle Tode. Geschrieben 1919. Aus <Die Gedichte>

어딘가에
Irgendwo. Geschrieben 1925. Aus <Die Gedichte>

아름다운 오늘
Schönes Heute. Geschrieben 1903. Aus <Die Gedichte>

절대 잊지 마라
Vergiß es nicht. Geschrieben 1908. Aus <Die Gedichte>

세상이여, 안녕
Leb wohl, Frau Welt. Geschrieben 1944. Aus <Die Gedichte>

참고한 독일 단행본:
<Das Leben bestehen>, <Hermann Lauscher>, <Eine Stunde hinter Mitternacht>